朱成玉

|散|文|精|选|集|

纯洁的人结伴而行

朱成玉 著

金城出版社
GOLD WALL PRESS
·北京·

图书在版编目（CIP）数据

纯洁的人结伴而行/朱成玉著.—北京：金城出版社有限公司，2020.11
（朱成玉散文精选集）
ISBN 978-7-5155-1988-3

Ⅰ.①纯… Ⅱ.①朱… Ⅲ.①散文集－中国－当代
Ⅳ.①I267

中国版本图书馆CIP数据核字（2020）第003925号

纯洁的人结伴而行

作　　者	朱成玉
责任编辑	丁洪涛
责任校对	王秋月
责任印制	李仕杰
开　　本	700 毫米 ×960 毫米　1/16
印　　张	17
字　　数	150 千字
版　　次	2020 年 11 月第 1 版
印　　次	2020 年 11 月第 1 次印刷
印　　刷	天津旭丰源印刷有限公司
书　　号	ISBN 978-7-5155-1988-3
定　　价	39.80 元

出版发行	**金城出版社有限公司** 北京市朝阳区利泽东二路 3 号 邮编：100102
发 行 部	(010) 84254364
编 辑 部	(010) 84250838
交流邮箱	dinghongtaobooks@126.com
总 编 室	(010) 64228516
网　　址	http://www.jccb.com.cn
电子邮箱	jinchengchuban@163.com
法律顾问	北京市安理律师事务所（电话）18911105819

序 · 人心净明，天下太平

朱成玉

人心就是天下，人心净明，天下太平。

人心，莫要太过复杂，简单些，明了些，两点间直线距离最短，少绕一些弯子为好。

生气为什么要喊？因为两个人生气的时候，绕得弯子多，心的距离最远。为了使对方能够听得见，就必须喊。在喊的同时会更生气，更生气距离就更远，距离更远就更要大声地喊。两个人相爱的时候就恰恰相反，说话可以轻声细语，因为心与心之间几乎没有了距离，眼神都可以传情了。

曲径通幽处，并非说的是人心，人心如果弯路多了，只能通向更深的黑暗。

诡计，常常都是在弯弯肠子间绕来绕去绕出来的，也绕出了小人。

人生路上，有贵人，也难免会遇到各种各样龌龊的小人。看过一句话说，“对付小人，就像对付没有烧透的煤，碰碰，才会燃烧，晾着，自然就灭了。”所以，别太把他们当回事。

据野史记载，明末，张献忠“屠戮生民，所过郡县，靡有孑遗”。

有一天，他的部下李定国见到破山和尚，破山和尚为民请命，要求别再屠城。李定国叫人拿出羊肉、猪肉、狗肉，对破山和尚说：“你和尚吃这些，我就封刀！”破山说：“老僧为百万生灵，何惜如来一戒！”就立刻吃给他看。李定国盗亦有道，只好封刀。

破山开戒，换来众生太平，想必如来定会宽宥的吧。

亦舒说，人们日常所犯最大的错误，是对陌生人太客气，而对亲密的人太苛刻。把这个坏习惯改过来，天下太平。

莫要过早埋下恨的种子，那样更多的土和阴影就会埋葬你。试着用爱的土壤去覆盖恨的种子，你会发现恨会变成爱，破土而出。爱恨相容，天下太平。

守着自己的碗吃饭，不要吃着碗里的，想着锅里的，天下太平。

韩美林有个著名的“活命哲学”：没心没肺，能活百岁；问心无愧，活着不累；心底一汪清水，没有过夜的愁；不生过夜的气，也就没有过夜的病。正是依靠心底的这朵莲花，才使他熬过了“文革”那段黑暗的日子，换得片刻太平，否则早已去见佛祖了吧。

小时候两个小玩伴经常玩一种“天下太平”的游戏，两个小屁孩儿，捡块小石头，找块干净的地皮，画个田字框，面对面坐下。手上石头剪子布，嘴上喊着“你输我赢，天下太平”，谁赢谁就在田字框里写下“天下太平”的一笔。继续石头剪子布，继续你输我赢，继续一笔一笔地写下，谁先把“天下太平”写齐到田字框，谁就赢了。没啥战利品，揪揪耳朵、捏捏鼻子、龇龇牙……然后继续下一轮的你输我赢。小时候是快乐的，是幸福的！在玩的艺术上，每个孩子都天生是一位伟大的艺术家！

如今，已是快 40 岁的人了，亦常常扯着妻的手与我对坐，和她说，“来，你输我赢，天下太平”。依然童心未泯，看啥都新鲜，觉得啥都是宝！依然相信种种美好，依然爱做黄粱大梦。不去管他，活着就好，快乐就好，不论大人还是娃娃，无论是做国务院总理还是在水鲜市场上卖鱼虾！

人心如同秋日的广场，总是会落些叶子和浮尘。人要时刻备着一把扫帚，为自己扫出一片澄明的境地。

春去春回，花开花落，人心亦应遵循如此自然的规律，莫去强求额外的春光，莫去惦念多余的芬芳，属于一颗心的，或许只是一碗粥，多出一勺，也是你的贪念。

一篮花香，一檐鸟声，一壶日月，一线流光，人生大起大落事，最后莫不归于沉寂。放平稳心，行光明事，仰望，不为攀附，俯视，不为辱蔑。如是，目光所及，皆为风景。

人心干净，明了，与世无争，还何愁天下不太平呢！

是为序。

目录

第一辑
听一朵花在说些什么

心有莲花，无须标榜。纯洁的人，相信也会遇到纯洁的人，结伴而行。

第二辑

心是天然的乐坊

一篮花香，一檐鸟声，一壶日月，一线流光，人生大起大落事，最后莫不归于沉寂。放平稳心，行光明事，仰望，不为攀附，俯视，不为辱蔑。如是，目光所及，皆为风景。

我不该在这秋天的辽阔里落泪。忧伤会使人很快老去，而我又格外眷念青春。

我是一棵矛盾的草，行将枯萎却又不舍招摇，我是这明媚秋天里的一点瑕疵。

第三辑

两只苹果，拥挤着过河

第四辑

用一首诗去清洗这个世界

不用潜伏，你是平凡，你是听着阳春白雪的下里巴人；不用捂紧，你有感情，你就有着风花雪月后的柴米油盐；你不伟大，伟大也是过去或未来的一团骨灰；所以你的生命，在喧闹中寂寞，在人堆里孤独，在享受中脆弱，在放纵中埋没……所以，你寻找爱——那种地老天荒的承诺！

两个人的孤独，绑到一起，是孤独的一半。

第五辑

我把春天唱得高出鸟儿半拍

这个世界，能留住人的不是房屋，能带走人的不是道路。岁月无法伸出一只手，替你抓住过往的云。如果一切还能重新拾捡回来，母亲，我要去拾取你的笑容、脚步和风，用你的爱做灯油，用你的善良做捻儿，我要点燃它，放到心里。一辈子不忘回家的路。

第六辑

在那些美好的事物面前

青春里习惯了挥霍，因为一切都还可以重新来过。所以肆无忌惮地绽开，恬不知耻地怒放。曾经的青春，被我典当给了谎言、烈酒、霓虹、八卦……我把大把的热情都付与了青春，它却只给我打了一张白条，多少年过去了，时光依旧死乞白赖，不肯还债。

现在，我把青春典当给了回忆，什么时候，我还能赎它回家？

第一辑

听一朵花在说些什么

心有莲花，无须标榜。纯洁的人，相信也会遇到纯洁的人，结伴而行。

白岩寺空着两亩水

这个春天，有一个人通过一首诗告诉我，白岩寺空着两亩水。

白岩寺空着两亩水
你若去了，请种上藕

我会经常来
有时看你，有时看莲

我不带琴来，雨水那么多
我不带伞来，莲叶那么大

——刘年《离别辞》

星期天的下午，阳光明媚而慵懒，瘫散在我的书房地板上。我像一株植物，在这堆懒散的阳光里枝繁叶茂。

我被这首诗的美好打动，在一首曲子里缓慢起身，抖了抖假日里积攒的尘土，影子多么肥沃。

他不说雨水如琴，他说他不带琴来，雨水那么多；他不说莲叶似伞，他说他不带伞来，莲叶那么大。这就是诗句的妙处所在，足够撩拨春天里所有的心。

这是一首关于离别的诗，可是我看到更多的，是它的明媚。离别的伤感被一朵莲轻轻地，移走。

莲是唯一有思想的花吧。它同时寄寓着爱和梦，一会给我披上火焰，一会给我泼上冷水。它不会因被摘取而封闭自己的幽香，人们却会因为小小的损失而关闭善良；它不会因为被风吹落而哭泣，人们却会因为不被理解而感到伤痛。大约这是因为它只经过生命，人们却想留下更多；它只管盛开，人们却强求幸福的达成。

小美之失于大美之无碍，犹如滴水出海，一切自我折磨之情感的悲戚心怀，在更大世界及更久远的时间里，也不得不缩小到一种自嘲的罅隙中去!

我总是迎风流泪，有时候是因为风里灌了沙，有时候是因为看久了落日，有一次，是因为看到你，和另一个男人穿了一模一样的风衣。

你们在风里牵了手，你们怕风把彼此吹散。

风里有毒，让我迅速衰老，可是记忆，却没有一丝衰退的迹象。

我的眼睛不好，每次一家人一起吃饭，母亲总会不自觉地把动物的眼睛夹给我。

我吃下一只鱼的眼睛，以为这样，就能看见大海的深邃，看得见一颗石子，怎样在贝壳的怀抱里，磨砺成珍珠；

我吃下一只羊的眼睛，以为这样，就能看见天空的辽阔，看得见一颗星星，怎样在夜色的掩护下，拥抱了愿望。

白岩寺空着两亩水。它让我有一个冲动，想立刻动身，去一趟白岩寺，只为看看那朵莲，是在打坐，还是在打着瞌睡。

我想我若去了，一定会与它们对望，久久无语。怕有眼泪落下，不知佛手可否会替我拂了去。

我爱上这朵诗中的莲，这一瞬间产生的感情，想要倒退回去摘干净，恐怕是不能了。生命中的美就是这样，遇见，说不易也容易，比如此刻，在你不经意间，靠你想象的翅膀，也能飞抵白岩寺，去会晤一朵莲花。

我把自己想象成一个十七岁的少年，在白岩寺的墙壁上，刻满一个女人的名字。出家前，我要好好爱上一回，然后让佛庇佑我的心上人，让她嫁给一个好男人。

当你特别爱一个人的时候，更多的，会选择沉默。那面墙，是我后半生里最美好的事物。我可以对着它，说佛理，说永恒，和欲盖弥彰的思念。

那个女人的名字，叫莲。

或楷书或行书或草书的满满一面墙的莲，不论冬夏，都开着。

那是我的梦。

我不知道这想象中的少年的最后，能否功德圆满，我只知道爱是纯粹的，滴着露水，沾着月光。爱是手心里的莲，苦得妙不可言。

我知道那个独自取暖的梦在人世的干扰与挫折中，会承受多大的压力和委屈；我知道无论一个梦是否能实现，当它存在于人的生命中时，它就已经给了生命不一样的意义和希望。我还知道，明明有梦却黯然放手，会造成人生多深的苦痛和忧伤；我更加知道，对于许多生命来说，它时常可以从中汲取热情和力量，可以随时从中获得安慰和放松的，可能并不真的是身边某个人或某些物品，而是自己心中那个最深情的梦。因为它在这个生命的身体里、灵魂里，和这个生命的岁月一直相守，是生命的一部分，在不可见的空间里，与我们不离不弃相偎相依。

日子像流水一样，所有的人，都在里面清洗着自己。我愿自己，终能寻得那样一个梦。

虫子从高处坠落，这一觉睡得好长。这是睡到了自然醒还是被惊扰了美梦呢？看着那个虫子着急忙慌地跑，我竟不忍心伤害它了，让它逃之夭夭。

这多像眼下的人生。其实，你随时都可以上岸。这人生的大河狂风巨浪，似乎将你置于无尽的惊险之中。而其实，每时每刻每一点，你都可以上岸的。关键是，若你的欲望在水里，岸就从来算不上一种选择！

也因此，聆听一些人的滔滔不尽的苦恼，多数情况是不必发出什么建议的。因为他们的乐趣也在那形容不尽的哀叹中。岸或船，都不能渡走他们已经溺水的灵魂。

我又翻开日记本，看两眼之前那张写满我的无望与委屈的纸，轻轻将它撕掉。明天我一定会被早早叫起，实在没有精力再在已经失去的东西上寻找什么意义了。在春天，一切还来得及。山已染绿，蓓蕾初绽，燕子啁啾，似乎也懂得人的好心情。我们该哼着小曲儿，清点太阳底下发生过的好事情，祈祷接下来的岁月，想遇见的人和事儿。

我的心，也空着两亩水。谁来，为我种上藕。

陪伴疼痛

岳母最近心脏不好，每天总有几个时间段会疼得掉眼泪。可是她忍着不告诉我们，最后还是岳父忍不住说了实情。事不宜迟，我们联系省城的医院，安排岳母去住院治疗，为此，姐几个忙得团团转。

姐几个不差钱，差的是时间。白天都要工作，晚上的应酬也是一大堆，这一下都打乱了生活的节奏。家在农村的三妹说，我去陪护，你们该上班的上班，尽量别耽误工作。

我们知道三妹家里除了孩子要照顾，还有一大帮鸡鸭鹅，恰巧还赶上农忙时节，所以都不让她来。她执拗地说，“我不能替妈疼，但我可以陪着她疼。”

我们都为她的这句话动容。

三妹细心妥帖，一个人可以顶好几个，岳母喜欢被她照顾。有她在，我们也都很放心。

夜里，三妹困极了，就偎在母亲身边睡着了，那一晚睡得真香，母亲也难得地安静。

她醒来的时候，看见母亲正慈爱地看着她。她看到母亲嘴唇上的血渍！原来，母亲疼了一晚，可是却怕惊醒她，就拼命地咬着嘴唇，忍受着刺骨般的疼痛。

三妹的眼泪哗啦啦地流出来，她埋怨自己睡得那么死，母亲说：“你太累了，歇歇吧。你这么抱着我，我还真就不那么疼了。”

岳父每天和岳母通电话，询问病情，每次都嚷嚷着要去医院。医院人满为患，我们不让他来，他说：“没啥，就是想陪陪你妈。”

我们都理解，平时争吵不断的老两口，到了生命的紧要关头，最需要的仍然是彼此的陪伴。

老岳父来了，连个坐的地方都没有，他就那么一直站着，一言不发，看着岳母打针吃药，拉屎撒尿。

这种陪伴，无法替代。

妻子为此上火牙疼，疼得无所适从。我手足无措，对她说，真希望可以分一半疼痛给我。不知道是不是老天爷耳朵太灵了，当天夜里，我的痛风犯了，脚丫子针针地疼。而妻子的牙疼似乎真的轻了些，幸福的鼾声缓缓飘来。我却辗转反侧不能入眠，小米粒不知道怎么就醒了，大概是父女连心的缘故吧，她替我擦拭满头的汗水，然后抱紧我，问我：“爸爸，我抱着你，你好点儿了吗？”

说真的，脚还真的不那么疼了，我想，一定是她替我分担了一部分疼痛。

而那一刻，我最大的想法是，不能让自己的身体出任何问题，不能给孩子增加负担，我真的不忍心，让她陪着我疼。

歌手李健的父亲患了癌症，肠癌。到了最后，要上厕所的时候，几乎都无法步行，实在不行了，李健就背着爸爸去上厕所，扶着他去。在爸爸最后的时候，对李健说了一句话：“原谅爸爸！”

这句话成了至今最让李健难过的话。他知道，父亲是怕麻烦到他，因为那时治病什么的都是李健在花钱，父亲觉得是给儿子增加了好多负担，现在连上厕所都还要儿子背儿子扶。

“我觉得他对我太客气了。父子之间怎么能用原谅呢？这完全是我应该做的事。”李健说，“看到爸爸那么疼，我却无能为力，只能尽力陪着他疼。”

陪着他疼，陪着他咬紧命运的牙关，在生命最后的时光里，梳理记忆的绒毛，把爱打包，把牵挂装进行囊，把生命中的大去当成一场不再回头的远行。

永远记得，遭遇血光之灾的那个深秋，我在重症监护室昏迷了三天三夜，事后才知道，除了家人，几个从小一起长大的哥们也一直在门口守着，看到我终于从死亡线上爬回来，才红着眼睛离开，并且把身上的钱都给了我的家人。半道饿了，东凑西凑才凑够了一碗面的钱，哥几个狼吞虎咽分而食之。

这个世界上，有更多的人愿意和你分享快乐，只有很少的人，甘心情愿陪着你疼。正是因为有他们陪伴你的疼痛，你的疼才减轻了一半。

玻　璃

清晨，老姜推开房门，看到不知谁家扔掉的一块玻璃，正对着他家的房门，他很是气愤，大声嚷嚷着是谁那么没有公德心，紧接着就是一脚，把那块玻璃踢个粉碎。却被玻璃扎到了脚踝。

老姜是村里出了名的暴脾气，屁大点儿事就暴跳如雷。这不，一大早就跟一块玻璃较上劲了。

“这么点儿小事儿，至于发这么大火嘛！这下可好，脚脖子扎了，不划算了吧，让你长点记性，看你以后还倔巴不！”老伴儿一边给他处理伤口一边数落他。

“你看看你都给我包哪儿去了，你个瞎眼婆子！”老伴儿患了眼疾，看啥都模糊，本来就挺难过，被他这么一骂，更是心凉。便狠狠地怼了他一句：

“你良心被狗吃了，没人管你，自己包吧。”

邻居老王头听说了，拎着水果来看望，中午，留人家吃饭。老姜的老伴儿一脸不情愿，可是没办法，还是把家里唯一的一只小鸡宰掉了。

俩人推杯换盏，酒喝得有点多，开始嚼舌根。

老王头说："老姜，你是不知道啊，别人都咋说的你呀！"

"咋说？"老姜吼道。

"就你这暴脾气，他们说你是钟馗转世，驱魔震鬼来的。"

"谁说的？"

"那你别问了，反正有人说就是了。"

"我怎么觉得就是你说的呢！"

"得了吧，我可不敢惹你，我怕挨揍。"

"可你已经惹了。"

"你这人还讲不讲点儿理了？"

"和你讲理？我看你今天就是来看我热闹的！"

"你这人真是不识好歹啊！"

"你再说一遍。"

"你这人真是不识好歹啊！"

"你再说一遍。"

"你这人真是不识……"

话没说完，脸上已经挨了重重的一拳，一百零一颗星星飘来荡去，鼻血迸溅，足足有两酒盅半那么多。

老王头顺势倒地不起。

去医院止了血，老王头不依不饶，非要再住几天院，没办法，老姜赔了他一千块钱了事。

老伴儿气得半死，这日子没法过了，嚷嚷着离婚。都是有孙子的人了，这得多丢人。可老伴儿的架势像动了真格的，收拾包裹，回了娘家。

老姜忽然觉得，这人和人的心啊，真是难以捉摸。看着好像都敞开着，其实中间隔着一层玻璃。你够不到我，我也够不到你！

他真想狠狠地砸碎那层玻璃，可是他无能为力。

老姜一个人抽着闷烟，仔细想想今天发生的一切，不免有些自责，都是自己的暴脾气惹的祸啊！看来以后真得改一改这性子了。

他来到厨房，看到有一块玻璃碎了，他左看看，右看看，怎么看怎么觉得，坏掉的这块玻璃和自己踢碎的那块一样大小，如果自己不把那块玻璃踢碎，是不是就可以换到这里来了。

他一拍脑门，无比懊悔。

在窗棂上，他发现了一张用透明胶布粘着的纸条，他凑近仔细读着："姜爷爷，对不起，我踢球不小心把您家玻璃打碎了，我想当面道歉，可是我怕您揍我。我把我家的窗玻璃卸下来，放您家门前了，您自己装上吧，并请您原谅我。——王晓庆"

老姜感觉到有点晕眩！

王晓庆，隔壁老王头的小孙子，今年 13 岁。每天放学，都会从他家门前路过。

"真没想到，娘们唧唧的老王头竟然有这么个懂事的好孙子！"老姜喃喃自语。

第二天，王晓庆再一次路过的时候，老姜把他喊住，王晓庆战战兢兢地不敢抬头看他。

"熊孩子，你怕个啥！"老姜摸摸他的头说，"我知道玻璃的事儿啦，知错就改就是好孩子，厨房窗户上的玻璃我已经安上了，不过，你得帮我把它擦干净！"

王晓庆"嗯嗯嗯"地应着，无比欢快地跑进了老姜的厨房。

王晓庆在屋里挥舞着抹布，老姜在外边竖起大拇指，玻璃擦得纤尘不染，让人根本感觉不到它的存在。

彩色的星星在爬

小米粒出生，被医生抱出来的那一刻，我们既兴奋又紧张。医生把孩子交到二妹手中，我看得出二妹的紧张。要下台阶，二妹穿着高跟鞋，她干脆脱掉，光着脚从二楼走到一楼。

我在心里对孩子说，等你长大挣钱了，第一件事就是要给你二姨买一双鞋。

正在吃奶的小米粒，不管给她布置了多好的婴儿床，不管晚上临睡前给铺得多工整，被子盖得多严实，早上起来，那里还是会空空如也。小米粒在妈妈的身边呼呼大睡呢！这是母亲的天性，半夜喂了奶之后，就不舍得把孩子放回婴儿床里了，而是留在怀里，她觉得那样孩子睡得才踏实。

一日夜里醒来，看到小米粒竟然是醒着的，不哭不闹，安安静静地在那里，看着从窗帘缝儿里透过来的一朵月光。并用她的小手，不停地捉着它。

小米粒刚满3个月大，对什么都充满好奇，她不知道那是什么，但她小小的心灵里，一定知道，那是很美好的事物。

我小心翼翼地不发出声响，就那么看着她，和月光玩耍。

我抱小米粒的时候，总是习惯“晃”她，妻子警告我说，不许“晃”，如果习惯了，以后就“尖尖腚”了，不“晃”就闹人。我只好默认妻子的逻辑，尽量不“晃”孩子。

有一天，我睡梦中醒来，看见妻子正在地上抱着孩子，不停地摇晃着。

孩子一哭，什么逻辑都不重要了。

我看着小米粒的成长，像一颗小豌豆一样，一寸一寸地长。她趴在窗玻璃上，向外张望，眼前的世界多么令她称奇啊，那小小的窗子，就像一个小小的牢笼，我在孩子欢天喜地的脸上，看到了人生最美好的时光，无忧无虑的时光。可是有那么一秒，我忽然看见她呆呆地愣在那里，好像看到或听到了什么。是一条狗的奔跑，还是一只鸟的鸣啁？是一朵云的飘逸，还是一朵花的绽放？那一刻，他的小脑袋瓜里到底在想些什么呢？

小米粒玩妈妈衣服上的扣子玩得很起劲，说：

“妈妈，你的扣子真好玩，可以扭过来扭过去，是不是因为这样就叫‘扭扣’了？”

“妈妈，罗汉果是不是萝卜做的、爱出汗的水果？”

……

我们问她：“你长大后想做什么呀？”

“坐椅子！”

哈哈哈……

小米粒困惑地看着我们，迟疑片刻，说：“坐凳子。”

小米粒对冰激凌痴迷得很，一个刚从冰柜里拿出来的冰激凌，她放到唇边，感觉到一股小冷风吹过。那么，小米粒的诗句来了：冰激凌是由雪和风组成的。

一只小瓢虫在墙上爬行，我拿出苍蝇拍对准了它，小米粒大声惊呼着：爸爸快看，彩色的星星在爬呢！

小米粒走不动了，赖着让我抱她，她说：“我把力气都浪费在玩儿上了。”

小米粒与她姥姥在卧室唱着儿歌，窗外，枝丫间透过的暖阳，是上帝的心意，恩赐了住进心里的光。那是多么完整的生命，既有永恒的延续，亦有苍老与凋谢。

我的生日，我本来没有买蛋糕的打算，小米粒看出端倪，不停地唠叨：唉！过生日咋能没有蛋糕呢？

我下班回来，买回来一个很大的蛋糕，小米粒高兴坏了，拖鞋都没穿就向我奔跑过来，然后并没有急着让我们打开，而是闭上眼睛许愿。

她忍不住对我说，爸爸，我许的愿望是你永远那么帅！

妻子说，明知道孩子就吃那么几口，为啥还买那么大那么贵的一个蛋糕啊？

我说，孩子对着那蛋糕许下了那么美好的心愿，还有那一路急切的奔跑，哪怕最后只吃了一口，也是值得的啊。

其实，小米粒好多天之前就开始盘算送我什么生日礼物，她静心地画一幅画，每天早晨偷偷给妈妈看，说是准备要在我生日那天送给我。妈妈和我说了，她听到，很不高兴的样子，她怪怨妈妈："说好了保密的啊！"

妈妈说："反正都是礼物，那有什么关系呢？"

小米粒说："那不一样，礼物是有了，可是没有惊喜了啊！"

小米粒，你健康地如花一般成长，就是给爸爸的最好的礼物啊！

孩子总是噌噌地就长大了，常常是以迅雷不及掩耳之势，猛然间，我们就老了下去。

孩子喜欢和大人比个子，从膝盖到屁股，到肩膀，到眉梢，直到高过你，便扬长而去。人啊，总是不知不觉间老去的，自己一再地向后退去。可是，孩子向你奔来的步伐，一下紧似一下。你还是乐于接受那奔跑过来的光。

我唯有祈愿，小米粒可以成长得慢一点，再慢一点。

耳朵热了，有人想

按照中国人的说法，耳朵热了，说明有人在念叨你。而在科学家眼里，哪一边的耳朵热就证明哪一边的大脑正忙着呢！或许是忙着高端科技，也或许是忙着在官场运筹帷幄；或许是在斟酌一个广告创意，也或许正在为前程殚精竭虑；或许是在推敲一句诗歌，语不惊人死不休，也或许正在编织一串谎言，大珠小珠落玉盘；或许是在琢磨怎样去讨自己喜欢的人开心，也或许正在为怎样安抚老婆和小三而处心积虑……

我不喜欢科学的解释，我喜欢那迷信的说法：耳朵热了，有人想。因为我宁愿相信那份看不见的美好。

小时候，母亲总是很迷信。打了喷嚏，她说，有人惦记你呢。左眼皮跳，她说有好运，右眼皮跳，她说有祸事。看见很小很小的蜘蛛爬下来，她说那是喜蜘蛛，家里要有喜事。还有姐姐的头发，如果忘梳了一绺儿，她会认为是有客人要来，赶紧让姐姐重新梳起来，期望能够破解。早上打扫完屋子后，一根扫帚无缘无故地底朝上立着，母亲如临大敌一般紧张起来，“莫非，要来客人吗？”她把这也看成是有客人要来的征兆。那天下午，碰巧舅舅来了，我们觉得这根扫帚还真灵。那年月吃米要有粮票，每月都是有限的供应，常常缺米断粮，所以尽管母亲好客，也总是担心有客人来。我们却不一样，吃了上顿不管下顿，从不为明天发愁，我们盼着客人来，能借机会改善一下伙食，打打牙祭。所以，有时候我们会故意把那扫帚踢倒，然后底朝上放着，但是这刻意为之的小阴谋一次都没有得逞和应验过。

这些迷信的说法就像一个个荒唐的笑话，充斥着我的童年。但是我依然喜欢和愿意相信：耳朵热了，有人想。

说不定此刻我正在别人的记忆里匍匐而过，有幸在别人的心上驻留哪怕一秒钟的时间。

那么是谁在想我？

是初恋的人吧。好多年不见，在某个暗夜里，是不是偶尔也会拉开记忆的闸门，想念一下我这条曾经为她伤痕累累，宁愿只有七秒钟记忆的鱼呢？

是老朋友吧。我是多么怀念那些简单而美好的过往！如今他们聚在一起，还会热烈地谈起我，像当年一样，让我居住在他们的内心吗？就像风居住的街道。

是亲人吧，这是最不容置疑的，在这个世界上，血浓于水的亲人，永远是最最牵挂你的人。

据说因为星星离我们实在太远，它们的光亮映射到我们眼中要穿越几十上百的光年，所以有时我们看到的星星，可能是早已陨落的。我们看到的，只是它若干年前仍然在光年中行走的光线。

它陨落了，却依然照耀着你，这和那些逝去的我们挚爱的亲人，是否有些相像呢？

亲人们离去了，可是那些温暖的记忆仍然照耀着我们，让我们在记忆那温暖的洞穴里，一边冬眠一边编织着未来美好的梦。

据说如果我们能以比光速更快的速度赶往另一个星球，我们还有可能看到自己的童年。那么是否也可以看到我那一滴泪，委屈地滴在面前不想吃的那碗稀饭里而溅起的涟漪呢？那样另一个星球上的我会不会脸红？会不会急于向祖母道歉——“奶奶，那时我真不懂事啊！”

记得祖母离去的时候，父亲对我说，别伤心，奶奶只是出远门了。一生没有再和出了远门的祖母见面，但我知道，那些温暖的记忆始终围绕着我。

我会想念祖母，身在天堂的她也会想念我吧，那么，发了烧的耳朵也会有属于她的几度温暖吧。

耳朵热了，有人在想你。也包括那些逝去的爱着你的人。

有一天，耳朵热的时候我突然打了电话给母亲，母亲在电话里第一句就是，妈正想你呢，你就打来电话了，真巧！是真的太巧了吗？其实母亲一天中哪一刻没有不想她的儿女呢？这根本就不算巧合，更算不上奇迹。

一生忙忙碌碌地走过，像农人的庄稼，迫不及待地茂盛，收割的时候，却没打出多少粮食来。而几乎所有的时光，都在守株待兔，拔苗助长中度过了。想着人生的窘境，天变得灰暗起来，一颗心沉了底。可是耳朵忽然间热了起来，这证明有人想我啊，这难道不是一种幸福吗？这幸福虽然单薄，却足以抵御冷凉。

所以我永不会向生活低头，哪怕它把我关进寒窑。因为即便你什么都没有，也总有耳朵热的时候吧。耳朵热了，有人想。

耳朵热了，生活就不会太凉。

丁香绕

楼下小花园里的丁香开了，一波又一波的香，环环绕绕，奔袭而来！

丁香花的个头极小，很单薄，但它们懂得抱成团，簇拥着，一串串，相扶相携，如此，才有了和别的花朵争芳的勇气和信心。

道路两旁的花树被修剪得整整齐齐，唯独它们不守规矩，淘气地向外探着脑袋，闪着不受束缚的，自由的光，像挂在竹篮外面的彩色铃铛。

虽然淘气，但它们并不做张扬之事，不像桃花和杏花，日本艺伎一样，比着往脸上涂脂抹粉，争分夺秒地献媚，以求春天的恩宠。只是，妆化得太浓，总显得不健康，萎谢得自然也快，失宠的花瓣蔫吧着，如同用旧了的手帕，百褶丛生，看上去甚至不如一棵草漂亮。

丁香花们却精灵得很，一个个仿佛商量好了一般，有先起床的，有后洗脸刷牙的，反正，都不在同一个时间做同样的事，这样，你就会看到，整树的丁香花此起彼伏地开放，这边的落了，那边的开，所以，它们的花期看上去比桃花和杏花要长许多。

丁香，绝不是什么高贵的名花，是普普通通的属于市侩的花，它们是这个城市里最多的一种花，超市门口，烧烤店前，大排档旁，都能寻到它们的身影，探着头，好奇地打量这个光怪陆离的尘世。有时候被烧烤店的煤烟熏得黑了眉毛，有时候被大排档里的客人用啤酒浇了头……即便如此，只要一场雨就够了，它们就会让自己变得干净起来，香气也依然纯正。冬天，它们的花落了，藏起所有的香气，可依然大有用途。浑身被挂满一串串彩灯，天黑下来，它们就会以另一种方式灿烂着。

每天清晨，伴着一阵阵花香传过来的，还有豆腐脑、果子、油炸糕、葱花饼们的香味。小贩们的吆喝声也各有不同，有的急促，有的低缓，有的一咏三叹，有的荡气回肠，吆喝声对顾客的招揽作用很大，但最重要的，还是你做的吃食味道要好，价格也合理，为人更要热情。

这几个小贩因为都是残疾人，所以受了市里的特殊照顾，给他们开了绿灯，也使得他们有了一个自力更生的营生可做。每天早上，几个摊位我都尽量光顾到，在“独臂张”的小摊上买一碗豆腐脑，在“哑巴西施”的豆腐摊买块豆腐，在“铁拐李”的小摊上买个葱花饼，在“盲阿婶”的小摊前买碗馄饨……

他们也懂得感恩，知道这份营生来得不易，每天早上忙活完，都不忘把地面收拾干净。三轮车推走的时候，一点垃圾都没有，这里好像根本没有人卖过东西一样，只剩下吆喝声，留在人、树木和花草的耳膜里。

贫贱、低微，但洁身自好，这一点，他们和丁香很像，都是在拼了命的把香气挤出来，活出一点奔头来。人世间，每个人都一样，都有属于自己的香气，但凡你有骨气，活出自己的气势来，都会开成一浪香过一浪的丁香花。

回到家，妻子并不讶异我买来的早餐花样繁多，也没有被葱花饼的香味吸引，而是在我身前身后走了一圈，抽抽鼻子，惊呼道：“你的身上，怎么有那么多丁香花的香味啊？不知道的，还以为你一个大男人，掸了我们女人用的香水呢！”

活着的气质

表姐家孩子 10 多岁的时候，个头超过了一米二，按理就该买票了，可是她为了省钱，在给孩子测量个头的时候，总是让孩子不自觉地往下蹲一点儿，这样，逃过了很多次检票。

表姐沾沾自喜，可是久而久之，孩子总觉得自己矮人一头，不自觉地，头总是低着。

从此，变得自卑、自闭，学业无成，打点儿零工，快四十了连个对象都没有。

省了几次票钱，却让孩子起步的时候，就输掉了活着的气质。

周国平说："茫茫宇宙间，每个人都只有一次生命，都是一个独一无二、不可重复的存在。名声、财产、地位等等是身外之物，人人可求而得之，但是没有人能够代替你再活一次。意识到了这一点，你就会明白，在如何活的问题上，你必须自己做主，盲从舆论和习俗是最大的不负责任。在人世间的一切责任中，最根本的责任是对你自己的人生负责，真正成为你自己，活出你独特的个性和价值来。"

有人问阿甘，你以后想成为什么样的人？阿甘说，"什么意思？难道以后就不能成为我自己了吗？”

阿甘的回答，让多少人汗颜。

成为我自己，这多么壮美！

妻妹前几天和我提起一件事——

同学20年聚会，大家谈起班级里最贫困的两个人，他们在同学这里的待遇完全不同。

其中一个是李同学，他走到哪儿，那些发达了的同学都愿意拉他一把，有什么好差事都愿意先想到他，就因为他虽然遭遇很多不幸，但是一直都很努力地生活，从来感觉不到他低人一等，他不卑不亢的性格，也令同学们肃然起敬。

另外一个是王同学，他家的条件明明可以更好一些，可是他不思进取，沉溺赌博，输了个一穷二白，老婆孩子对他怨声载道，他自己也是破罐子破摔，邋遢着，懒惰着，每天把自己喝得酩酊大醉，醉了就痛哭流涕，觉得对不起老婆孩子，可是忏悔只是停留在嘴上，从不见他半点行动。

有个同学生意做得很大，很有能力，疏通关系帮李同学在附近的矿山谋了一个差事，做个小头头，李同学一番感谢之后，倒也没拒绝，他觉得自己一定要把工作做好，不能辜负了同学的一片好意。

王同学自然是没人愿意去理睬的，没了赌资，无事可做，他就去找李同学。李同学碍于情面，只好让他留下，尽量找一些轻松点儿的活让他干。因为同学关系，本该相互照应好好工作，可是无意间的言谈中，李同学了解到，王同学有点动机不纯，他的目的是有一天能死在这个矿山井下，好获得一笔赔偿给老婆孩子。

李同学说：“咱同学把咱安排到这了，咱就得使劲儿干好，对得起咱同学，咱不能前面走后面被人戳脊梁。你这想法本身就不对，所以我不能留你在这工作了，你死在这里，我这辈子心都不安，对不起你，我不能见死不救，对不起安排我工作的同学，他信任我，让我管理，可我不能给他找个大麻烦进来。”

贫穷不怕，怕的是你的心也跟着贫穷了，那样的心是瘦瘠的，没有营养的，种不出一棵向日葵来。

都是贫穷，王同学弯着，矮了，可是李同学却一直挺着腰身，有气质地活着。

个子矮小，并不影响你的伟岸。人生很短，你可以把影子抻得很长。为他人留下珍贵的记忆，在他人心中点燃一把火，都是你在这个尘世积下的大美的德行。

因为人活一世，活的不仅仅是脸面，还有背影。

某一天的鲁院是蓝色的

如果用颜色来描绘鲁院，我想那院子里的树们自然会给出答案。随着季节的变化，树的颜色也会变，那么鲁院的颜色也在变，要么浅绿，要么深绿，要么鹅黄，要么枯黄，可是有那么一天，我眼中的鲁院是蓝色的。

荷花池里开了花，还有游动的小锦鲤，我忽略那些亮眼的红色，而格外钟情荷花池水的蓝。

逯春生喜欢拍它们，在他的镜头下，鲁院的荷花池永远蓝得迷人。他在凝视荷花池的一瞬，那幽静的蓝，也一定在回以他深情的凝视吧。

蝴蝶并不多，我愿意把蝴蝶比喻成落叶，有多少蝴蝶飞过，就会有多少叶子飘落。鲁院的蝴蝶不多，因为地上的落叶很少，可是深秋就不一样了，好像就是一夜之间，懒惰了一夏天的风，伸了伸懒腰，就摇晃得树们稀里哗啦地脱衣裳。

我总是有些不甘的，我没有见过那么多蝴蝶，何以给了我这么多干枯的叶子！

但是蝴蝶不在多，有一只是蓝色的，就足以。我就看到了那样一只，蝴蝶转身的时候，是蓝色的，我看得清清楚楚。

蝴蝶是蓝色的，因为我的目光是蓝色的，我的目光是从进了鲁院之后，变成蓝色的。不同于海，不同于天空，那是我要抵达的某个宁静的瞬间或角落。

有一句诗说，西风一吹，人世间便挂满悲凉。

我想，有蓝色在，悲凉总是会退避三舍的。

周华诚，一个遍寻美的使者。那一天穿了蓝色的宽松袍子，看着潇洒脱俗。上帝为了让他更好地履职，打通了他的任督二脉，让他有更多的触角（比如文字、比如摄影、比如书法）去发现和挖掘美。

那天晚上看书，我看到了蓝色。

诗人赵恺在他的诗歌《烛光》里用诗句描述了一个很温馨的小故事——

二战时，一个小女孩看到两个美国兵举着两支步枪在风雪中跋涉，她说，枪冷，让它们进屋吧。紧接着，她又看到两个德国兵举着两支步枪过来，小女孩也说，枪冷，让它们进屋吧。

屋子里是黑暗的，几个人感觉到一种深蓝的温暖、宁静和感伤。两对仇敌邂逅在深蓝的天堂。

小女孩点燃蜡烛的那一刻，双方顿时警觉起来，举枪对峙，餐桌变成了战场。小女孩说，今天是圣诞节。她把鲜花一一插进枪口，便开始唱起歌来。

小女孩唱歌，那些枪也唱起歌来。美妙的蓝色开始蔓延……

那一天，一头骡子从鲁院的门前经过，它在想些什么？

马国福陷入这样的沉思，在他眼里，这头骡子是一种暗喻，或许就此经过，那骡子身上就多了一丝文学的气息，拉磨的时候，它的姿态也将变得富有文艺色彩，时而低头沉思，酝酿一首古怪的诗；时而高昂头颅，正义凛然，一副随时准备慷慨陈词的模样。

公园小径上的一只蚯蚓，蜿蜒爬行，像一条细长的小蛇。我绕着它跑过，可是随后，我听到后面的一声尖叫。女同学惊魂未定，她的一只脚已经把它碾成尘泥。

蚯蚓的死亡是垂直的，一气呵成，没有半点儿的拖泥带水。

有时候，你的罪来得很隐蔽，没有一点征兆，你便触碰了杀戮的线。

女同学的尖叫里，因为有悔而变成蓝色。

深秋了，鲁院的蝴蝶落了，鲁院蟋蟀的奏鸣，蛙鸣以及荷香，依然会到我的梦里来。我的回忆里缺不了它们。它们闪着蓝色的光。

洪忠佩和周伟、于永铎是热爱走步的人，速度不快，但一直向前。不管那路上铺着落叶还是薄薄的霜雪。他们走路带起来的风，是蓝色的。

纳兰泽云，这个热爱演讲的女子，曾一度有语言障碍的缺陷，依靠一颗强大的内心，她完成了蜕变。她的发音是蓝色的。

我带着蓝色的梦而来。多少人，也都是带着蓝色的梦而来。

代敦点接到鲁院录取通知的时候，他的妻子刚刚做完手术，他陷入两难境地，来，不忍病中的妻，不来，对不起自己一生的梦想。那些时日，他寝食难安。妻子知道后，果断劝他不要犹豫来学习，他说他是含着眼泪一路来鲁院的，我分明看到了，那滴眼泪的颜色，是蓝色的。

才让扎西是蓝色的，他是带着青海的一片云来的；次仁央吉是蓝色的，她是带着西藏的一缕风来的。

袁瑛的舞蹈是蓝色的。赵娜的歌喉是蓝色的。杨仲恺的逗哏是蓝色的。黄军峰的捧哏是蓝色的。郑雄的微笑是蓝色的。张军东的耍酷是蓝色的。赵伟的诙谐是蓝色的。於中甫的可爱是蓝色的。吉建芳的沉默是蓝色的。程煜的高冷是蓝色的。陈晨的艾灸是蓝色的。魏建军的嗓门是蓝色的。梁晓阳的内敛是蓝色的。陈楫宝的低调是蓝色的。汤晖偶尔的出神是蓝色的。文欢吐出的烟圈是蓝色的。姜雪梅的朝鲜族拌菜是蓝色的。陈丹玲的六口茶是蓝色的……

李云的诗句是蓝色的，“穿青衫长袍的人是从钱塘门走的 / 卸甲弃马的人负枷而去 / 伶人，船娘，师爷，僧人，商贾和小贩 / 还有盐工，织女，乞丐 / 以及帆影和木排 / 都背影匆匆……”在我看来，这些人，这些景，都是蓝色的，整个尘世都在一种锦缎般丝滑的蓝里，摇晃。

一年四季，我在鲁院度过三个季节，这是何等荣幸！我可以在鲁院的小路上，见到花瓣，见到落叶，见到雪花。

某一天的鲁院是蓝色的，我想在以后的岁月里，会有更多的时日，见到更多的蓝色。

而我一直坚信，如果你能在一件事物里看到它的蓝色部分，你就会是一个诗人。一个把世界放在喉咙里的歌者。

我同样坚信，四个月之后，我从鲁院走出来，我的背影会是蓝色的。就像我见过的那只蝴蝶，它的曼妙的转身。

一种孤独酿两种酒

有一天，和一位画者探讨起孤独的话题，我问他，如果让他来画一幅关于孤独的画，他会怎样去画？他想了一会儿，然后简单勾勒了两幅画给我看。第一幅，他没有画星空，没有画寒鸦，而是画了一群吸毒的人，满地狼藉。

第二幅，闹市中一座房檐，房檐上的一只鸟，呆望着熙熙攘攘的人世。我看这只鸟，有了禅的味道，得道高僧一般，在离尘世不远不近的地方，驻足观望，品透冷暖。

他问我，“这两个，你觉得哪一种孤独更让人心仪？”

“当然是第二个，”我说，“因为它更贴近孤独者的灵魂。”

他说是的，同样的孤独，前者是堕落和放纵，后者是沉淀和升华。

一种是放纵者的孤独，一种是内省者的孤独。

去问一个写者，他的回答是，“孤独，是上苍对我的恩赐。”

去问一个歌者，他的回答是，“孤独是琴弦断，知音稀。”

去问一个话痨，他的回答是，“别人理你一下，你马上话匣子大开，这就是孤独。”

什么样的孤独最可怕？那就是热闹之后的沉寂，夜夜笙歌后的寂寥，就像烟花过后的洪荒，满地硫磺的味道，那里是毒的味道。

有些孤独是与生俱来的，是成大事者的孤独；有些孤独是后天的，是失道寡助者的孤独。

我有一个朋友，在空旷的山坡上放了几年羊。那几年当中，他没有人交谈，没有听到任何回应，他有时对着山谷大喊几嗓子，有时躺在草地上看天空中飘荡的云彩。他想了很多——关于生命、关于活着、关于死……

他没念过几年书，但是他却断断续续地，把这些思想记录下来，最后出了本书，反响热烈。

在我看来，他的“想”是一个孤独者的诉说，他沉潜下去，探求着这个世界未知的深度，他的思想也就飞翔在所有孤独者的心灵空间。

总有一些人，他们在自己的小小世界里，活得很好，活得很舒服，没有任何不适。但就因为他们的与众不同，其他人总想把他们拉入凡人的世界，和普通人那样聚会，和朋友嬉戏，有正常的社交活动，按部就班地谈恋爱、结婚、生子，了此一生……

而我这个朋友终于抵挡了那些诱惑，他用自己的孤独，酿了一坛好酒。

有的孤独者是伟大的酿酒师，有的孤独者是糟糕的酒头脑。一种孤独，可以酿出两种酒来，一种是用品悟酿的酒，是醇美佳酿，一种是用沉沦酿的酒，是坏掉的酒。

纯洁的人结伴而行

我的大爷爷是家族里唯一的一个当过教授的有着大学问的人，薄寡的衣衫罩着单薄的身体，薄薄的一片，像立起来的山楂卷。

大爷爷命途多舛，在“文革”时吃尽了苦头。因为翻译过外国人的著作，造反派们污蔑他是资本家的走狗，常常被批斗。大奶奶为了护他，被造反派们砸了头，没过几天就撒手人寰。

没有人去同情和怜悯一个失去挚爱伴侣的老人，各种折磨从未间断。大冷天把家里被子都给拿走，锅碗瓢盆也被砸个稀烂。大爷爷就更改了作息习惯，晚上冷，就坚持在地上踱步背诵诗词，白天阳光充足些再睡一会儿。没有粮食，就挖墙脚的鼠洞，和老鼠抢粮食吃。大爷爷的骨头硬得很，宁折不弯，他坚信这场浩劫迟早会结束。

那么苦的日子，却没改变他干净的书生本色。每天早上，照例要把脸洗得干干净净，头发梳得有条不紊，胡子也刮得彻底，胃里也干净，空荡荡的，如一座废弃的跑马场。

命运一塌糊涂，暗淡无光，可是做起学问来，却焕发着不一样的神采，哪怕肠中辘辘，胃里荒荒。

免不了会有一些学术讨论，每每发言前，他都会要来一杯开水，趁着热的当口，一口喝下。旁人不解，他说自己心直口快，批评起人来舌头不打弯。他这是要把舌头烫一烫，让它软乎些，免得说太多伤了人的话。

有一个爱与他争论的老学究，几乎每场讨论都要争得面红耳赤，但并不因此结仇，他们彼此认为，越激烈的争辩，越是对学问的尊敬。

做学问的自然都是躲不过挨批的命运，那老学究也不例外。在批斗会上，他和大爷爷两个人一起被逼迫着下跪，一起在太阳下烘烤，还不忘互相取笑，一个揶揄着另一个：你像一条腌鱼。另一个回敬过去：你是一根腊肠。我想此刻，这二位大概是饿了吧，想象的空间里都是吃食。若是下了一场雨，保不齐会被意淫成从天而降的葡萄酒的吧。

批斗之余，两个人席地而坐，在地上画围棋盘，用石子当棋子，饶有兴致地下棋，凉风吹着他们斑白而凌乱的头发，喧嚣无法扰乱其心性。他们仿若两个世外高人在对弈，尘世中的这些苦难，在他们强大的灵魂面前，摇尾乞怜，落荒而逃。

有这样一个为学问而争吵不止，为苦难而相携相帮的人搭伴儿，大爷爷行将枯萎的心里蓬勃而生一种欣欣之力，不可阻挡地向上、向上，顶开重重阴霾，获得一隙光焰。

有一天，红卫兵们闯进他的家，要押着他去批斗会场。他并不惶恐，他扶了扶鼻梁上的眼镜，挺了挺自己的脊梁，大步迈出去，他不相信全世界都是鬼魅，他坚信会遇到与自己的灵魂相似的另外的纯洁的人，他们会在阳光下结伴而行。

王小平在一篇介绍王小波学英文的文章中，提及一位黄先生，令我印象深刻。那是个大有学问的人。据说光外语就会七八种，其中包括将近失传的古西夏文、古突厥文。早先他是哈尔滨外国语学院俄语科班出身的高材生，五十年代在北京以口译为生。但老先生对学问胃口很大，杂七杂八学了许多语言，后来潜心研究古代语言，就干脆辞职回家，靠笔译挣点钱贴补家用，本来也可过得怡然自得，不料赶上“文化大革命”。这期间，发表任何文章都要单位出具证明，担保作者政治上可靠，黄先生没有单位，无人担保，从此断了财路，祸不单行的是，黄太太此时又得了咽癌，失了工作。从此，一家三口，每月只靠微薄的劳保金生活，窘迫之极时，竟然到小沟里捉田螺充饥，像曹雪芹一样赊粥而食。

黄先生虽然落魄，然腹有诗书，终不脱衣冠本色。他住在皇城根下的小胡同里，平日里与一班市井中人为伍，便是掉书袋也没个掉处。突然得了小波这样一个聪明学生，登时快乐非常。师徒二人，同是天涯沦落人，都有不凡的才情，每日里谈天说地，黄桷树下弹琴，苦中取乐，倒也十分相得。

王小平回忆说，常常看到黄先生家里的桌上放着一碗揉碎的烟叶子，师徒二人以纸条卷烟，相对吞云吐雾，在廉价烟草的燃烧中，默默地承受这个贫乏的世界提供的瞬间享受。

王小波遇到黄先生是幸运的，黄先生遇到王小波也是欢愉的，两个纯洁的人，在污浊的乱世，共同走出了一段既芬芳又可爱的有趣之旅。

心有莲花，无须标榜。纯洁的人，相信也会遇到纯洁的人，结伴而行。

穿过骨头抚摸你

所有对家的描述中，炊烟是最能抓住人心的。每次回家，都会离老远的地方就开始望自己家的烟囱，如果烟囱里冒着丝丝袅袅的炊烟，心顿时就暖了许多，如果没有炊烟冒出，心就会凉了半截，再近些的时候，如果屋子里的灯没有亮，一颗心就整个地掉进冰窟窿里去了。委屈地蹲在门口，像黑暗中等待火把的孩子，直到母亲回来了，家就温暖了。我们屁颠屁颠地围着母亲，不停地走动。破败的屋子里，仿佛每一个角落，都能蹿出腾腾的火苗子来。

我们是如此依赖着那种温暖。每一年，每一月，每一天，哪怕不在母亲身边，也要通过电话，向那边烤烤火。

我们如此幸福，被那层温暖紧紧地护着。却不知道，一团惊悸的冷风突然来袭，将我们的温暖撕扯得七零八落。母亲得了癌症，让我们慌乱。她的瘦弱让我们心疼不已。当白花花的霜露扣住秋的脑门，我迟迟不肯迈出门槛，迟迟不肯把寒冷的泪水用完。

现在，母亲依然会按时生火，按时做饭，生活没有一丝一毫的改变，好像生病的人不是她。她尽量不惊扰自己的生活，让它们依旧平静如初。尽量不让那些痛苦的涟漪撕扯她的幸福。可是母亲的手瘦了，母亲的眼神荒了。一切痛苦都一起向这个单薄的躯体压过来，母亲咬着牙，忍着一浪高过一浪的疼，和我们开着并不可笑的冷笑话，只为了不让我们那么难过。

母亲近在咫尺的时候，我们背着行囊去流浪，我们回来时，母亲却渐行渐远，生命开始了残酷的倒计时。

母亲早知道自己得的是绝症，坚决不肯做手术。她说她老了，多活一天少活一天没什么区别。可是我们不允许，母亲如若不在了，我们的灵魂将无处停靠。拗不过我们一再苦苦哀求，母亲同意了。但母亲有个要求，那就是让我亲自来给她做这个手术。

给自己的亲人做手术，这是医生的大忌。因为他们在给自己的亲人做手术时，很难做到情绪平稳，这样很容易导致手术失败。

母亲却执拗得很，她说除了她的儿子，她不相信任何人。没办法，医院最后做了妥协，破例允许了母亲的请求。要知道，在这之前，我一直是主刀助手，尽管对各种手术都能应付得来，但以主刀身份给病人做手术还是第一次。没想到，第一次接受我手术的，竟然是自己的母亲。

拿着手术刀的手，开始不自觉的抖，因为我生怕自己弄疼了母亲，忘记了她是打了麻药的。母亲的眼神里带着鼓励，温暖地看着我，示意我不要紧张。我拿捏着母亲的生命，而母亲，宁愿用自己的生命，换来对她儿子的一次鼓励。从小到大，母亲每时每刻都在鼓励我们，她对我们说的最多的一句话就是：你肯定行。母亲的这种教导方式使我们变得坚强，让我们的生命里多了一份韧性。

记得小时候，有一次母亲在割稻子的时候被镰刀割破了手臂，母亲回到家让我替她包扎，看到母亲鲜血如注的手臂，我顿时傻了眼，慌乱着不知所措。母亲温柔地看着我说，别怕，你肯定行的，来，替妈把伤口包上。我按照妈妈的指示，替妈妈清洗伤口，然后包扎，在妈妈的鼓励下，我包扎的动作竟然很像那么回事。妈妈打趣道，俺儿子日后没准会成为大医生呢！也就是从那时候起，我把医生看作是最伟大最神圣的职业，母亲的话也成了我日后报考医学院的原动力。

我开始变得镇静，手术刀娴熟地在母亲的身体里穿梭游走，我知道，那是我们的爱，正在穿过骨头，抚摸着母亲，就像母亲抚摸我们那样。

积满液体和苦痛的胸腔，是爱的城堡；一根根隐约可见的肋骨，是爱的森林。

慢慢地，母亲闭上眼睛，睡着了。而我则像一个纤夫，正在拼命地从死神手中，往回拉我的母亲。

母亲让我诞生，今天，在我的手术刀下，我要让母亲也重新诞生一次。

我行的，我肯定行！

快餐时代的鱼

朋友给下载了一个桌面，是一个很逼真的鱼缸，一个足可以假乱真的海底世界。朋友说可以随意添加或删除各种类型的鱼和诸如珊瑚、海螺等道具，同时他提醒我说，因为它们占用的空间比较大，可能会影响电脑的速度。

我开始添加各种各样的鱼：憨态可掬的水泡眼、雍容华贵的珍珠鳞、傲视群雄的龙睛、独树一帜的鹤顶红……每一条鱼都那么鲜艳、好看，我喜欢它们，它们让整个屋子都生动起来，在我疲乏的时候，它慰藉着我肿胀的双眼，它们悠闲地游着，为我枯燥的生命泛起一丝微澜。

可是麻烦接踵而至：电脑的速度开始慢了下来。那是我最不能容忍的。在这个时代，你比别人慢一秒钟都有可能被淘汰出局，每个商家都知道“抢先一步”对他们意味着什么，现代人，在时间里淘洗金子。在时间里建立王朝。争分夺秒是创业者的代名词。

我早已无法忍受等待的滋味，这是一个快餐时代，盛产麦当劳似的爱情，聊天选择群聊，打开好几个窗口，和不同的人说着相同的话。等待的那份美丽，早已荡然无存。

我删掉了憨态可掬的水泡眼，仿佛删掉了青春年少的一段快乐时光。那样的时光里，常常被一些眼花缭乱的事情搅得彻夜失眠，被电视剧里的故事蛊惑，那淌不干的稀里哗啦的眼泪，其实很多是为自己流的。

我删掉了雍容华贵的珍珠鳞，仿佛删掉了一段弥散着茉莉花香的初恋。现在，还有谁在用笔写情书？白纸，钢笔，一笔一画，饱含情意的字句倾泻在笔端，然后塞进绿色邮箱；收信的一方，听到邮递员清脆的自行车铃声渐渐近了，心跳加速，收信后迫不及待地打开……

这种朴素的爱情离我们有多远了，我们还能追上它吗？

我删掉了傲视群雄的龙睛，仿佛删掉了那时刻萦绕于心的梦想。我们还有梦想吗？谁能说出隐藏于心的秘密？谁能准确无误地测量誓言和谎言之间的距离？

我们只会像一个富有的守财奴，一日一日被自己渐渐积累的财富压垮。

我删掉了独树一帜的鹤顶红，仿佛删掉了自己棱角分明的性格。我们常常羡慕他人生存的方式，他们不用钱包，把零钱放在身上的各个角落；从来不记住任何约会，直到开始的前十分钟；穿着牛仔裤，想起什么歌就哼着什么歌……羡慕归羡慕，我们从不那样做，像一个木偶，仿佛每天的生活都是被计划好了的，按部就班地执行命运的指挥。

我的电脑又恢复了它的快速高效，为我高速运转的思维推波助澜。周末的时候，我又接下了一个活，本来答应妻子和女儿去郊游的，看来又无法成行了。女儿噘着小嘴，郁郁寡欢的样子。妻子端来一杯茶说，能歇歇就歇歇吧，总不能一辈子都奔跑啊……

总不能一辈子都奔跑啊，妻子的话让我一惊。是啊，现代人每天都在奔跑，与感动和爱擦肩而过，错过了多少美丽的事物啊。我喝惯了矿泉水，拿起来就喝，不用像喝茶那样还要慢慢地泡，慢慢地等。可是那一刻，我闻到茶的香味是那样沁人心脾，让我忍不住放下了手中的活，坐到了那杯茶跟前。

因为妻子的一杯茶，我开始怀念我的鱼了，如同怀念童年的时光、初恋的情怀……

我们的内心就像那电脑，为了它的高速运转，被我们删掉了太多东西，只剩下利益，只剩下争分夺秒的欲望。

留下一尾鱼吧，在这个奔跑的快餐时代。让它鲜活你的生命，让心灵悠然地漫步，让心灵渐渐品咂出“慢”带给你的美好：慢慢守着一壶水的烧开，慢慢守着茶香的弥散，慢慢听完一首舒缓的曲子，慢慢地看一枚落叶旋着怎样的身姿飘然落下，慢慢地看一朵云千变万化……

我又开始往我的电脑桌面上添加鱼了，一条、两条……或许有一天，我将不再把它当做生活的工具，只当做一个鱼缸，供我的鱼们在里面尽情遨游。而我则跷着腿，喝着慢慢煮了很久的咖啡，像怀念先辈一样捧起一份久违的散着油墨香味的报纸，在生活的另一处，慢慢游成一尾快餐时代的鱼。

每个人身上，都有一个无法战胜的夏天

那是一个阳光明媚的早晨，一切都是欣欣向荣的样子，地上铺展着毛茸茸的草儿，如果你贴紧地面，一定会听到它们懒洋洋地伸着懒腰，一边埋怨阳光搅扰了它们的美梦，一边感激阳光带给它们暖融融的舒适。草间的虫儿不知道歇息，一天到晚忙忙碌碌，不知道它们的背上驮着怎样的梦想。

多么空旷的山谷啊！蓝天、大地和人，从没有像今天这样，如此和谐地呈现在他的眼前，他想，人与天地本来就是一体的，何必太在意躯体栖息在哪里呢！在这种空旷里，他忘掉了自我，他感到自己就是一粒尘埃，随着命运的风向辗转的尘埃，一粒快乐的尘埃。

美是共有的。看到夕阳落下的一瞬间，林海上浮着的一层光晕让他惊羡，他在心底呼唤着：美啊！

他向山谷轻唤着，山谷回应。

即便他是天才，他也无法用文字将它们描绘，无法用画笔将它们定格，他只能对着美景轻唤：太美了！除此，别无他法。

本来，他是想从那个山谷跳下去的，他说他的身后，再无可以留恋的人。可是，眼前的美景让他改变了想法，如果跳下去，以后就再也没有机会去欣赏这些美景了，而这些美景，是上天的馈赠，是可以养眼养心的。

一颗置身于冬天的，僵冷的心，就这样慢慢回暖，复苏。

这是一个朋友的心路历程，现在的他，总是对我说："人生是一趟悠长的征途，我们要像石头一样无畏地滚动。"

加缪说过，"在隆冬，我终于知道，我身上有一个不可战胜的夏天。"在他看来，再凛冽的冬天也无法战胜他，他赤裸着身子，也是燥热的。

季羡林先生在"文革"时期，隔三岔五的都要被抓去批斗审讯，还要被迫参与"劳动改造"，最早的就是当时的工人们批斗季羡林，他们带着他四处游行，还各种殴打，丢石头，季羡林糊里糊涂的也不能反抗，被关进牛棚后，感到"被开除了'人籍'"，一度有过自杀的念头，后来没有自杀成，捡了一条命回来，从此他再没想过自杀，而是坚强乐观地忍受非人的折磨。为了适应不断的批斗，他竟然想出每天站在自家阳台上进行"批斗锻炼"："低头弯腰，手不扶膝盖，完全自觉自愿地坐喷气式""还在心里数着数，来计算时间，必至眼花流泪为止"。

后来，他宽容和谅解了那些痛打和折磨过自己的人。季羡林先生的身上，就有着一个无法战胜的夏天。

德国作家君特·格拉斯十六岁应征入伍，对艰苦训练心怀抱怨，却无法发泄，后来找到了一个好办法。他每天有一个任务，就是要穿越一片树林给连队的大小领袖们带一壶咖啡，他会在一个安静的角落停下来，在他们的咖啡里撒一泡尿。这个日常的小小的报复行动，让他会心一笑，也借此挺过了那些最残酷的时刻。而不像其他人，由于忍受不了这种残酷，用自己防毒面具上的带子上吊自杀。

君特·格拉斯曾在采访中谈论到死亡，他称自己随时做好准备离世，同时又对这个世界充满着好奇心，"我的外孙们以后会遇到什么呢？周末的橄榄球比赛比分是多少呢？”

这份好奇心就是无法战胜的夏天。

生命生而荒谬，挫折宛如瘟疫，而且像黑夜般永不灭亡。但加缪说，这茫茫黑夜就是我的光明。就像他在隆冬依然在身体里盛装着不可战胜的夏天一样，他置身黑暗的身体里，也一样盛装着无穷无尽的光明。

“当你需要这个夏天，我会拼了命地努力。”一首歌这样唱道。

所以，尘世的人，你要相信，你的身上，也有一个无法战胜的夏天。

阳光在那儿，总会照到我们身上。

一个人身上的第25根肋骨

烧锅炉的二叔给我讲过一件发生在他身上的真实事件——

有一天由于操作失误，锅炉里的水烧没了，而炉膛里的火烧得正旺！整个锅炉都开始晃动了，随时都有爆炸的危险。所有人都往外跑，二叔却没有跑，他只顾埋着头，不停地往锅炉里面填煤，他满头大汗，拼了命地只管一锹接着一锹地填煤。

所有人都不理解，本来锅炉就要爆炸了，他怎么还往里面填煤呢？

其实二叔是有经验的，如果不往里面填煤，那热度就会失控，锅炉爆炸无疑，这样一锹一锹的煤可以渐渐把燃烧得正旺的火苗压下去，从而赢得一个难得的平稳时机。他成功了，锅炉不再晃动，稳定了下来。他赶紧叫人把锅炉里都注满了水，一场灾难避免了。

被人问起，生命攸关的时刻，为啥没有想到逃跑？二叔淳朴地说："我跑了，锅炉爆炸了，我可赔不起啊！"

我相信这是二叔的真实想法，可我同时相信，他是一个有担当的负责任的男人，有着善良的本性，不然，在生命的关卡，怎么会做出如此英雄的义举？

龙永图先生讲述过一个令人感慨的故事。他到瑞士访问的时候，在一个洗手间里，他听到隔壁小间里一向有一种奇特的响动。由于这响动时刻过长，而且也过于奇特，因此不觉吸引了他的好奇。于是，他透过小门的缝隙向里探望。这一看使他惊叹不已。原来，小间里一个只有七八岁的小男孩正在修理马桶的冲刷设备。一问才知道，这个小男孩如厕后，因冲刷设备出了问题，没有把脏东西冲下去，因此他就一个人蹲在那里，千方百计地想修复那个冲刷设备。而他的父母、老师当时并不在他的身边。这件事令龙永图十分感慨，一个只有七八岁的小男孩，竟然有如此强烈的负责精神，应该说这种负责精神已经渗透到了他全身的每个细胞、每根神经、每滴血液，已经完完全全成了习惯。

爱尔兰作家克里斯蒂·布朗在幼时就身患脑瘫，有口难言，全身只有左脚听使唤。对这个小生命的降临，他的父母是既惊喜又伤悲。布朗长到五岁还不会走路，也不会说话，身体也不能活动，父母带着他四处求医，却无济于事。一次，妹妹和布朗玩，看到妹妹在地上用粉笔写字，布朗突然兴奋起来。他使劲伸出唯一听使唤的左脚，将粉笔夹到指缝里在地上写下了生平写的第一个单词“Mother”（妈妈）。这让布朗的父母欣喜若狂，之后他们用自己的努力给了布朗和正常人一样的教育内容，布朗以自己的聪明才智很快学到了很多知识。他虽然身残，但是志不残，凭借着才能与毅力，加上持之以恒的努力，成功地学会了用左脚做一系列的事情，如打字、画画、写作诗文等等，充分发挥了自己唯一的肢体的功能。

布朗21岁那年，正式出版了自己的第一部自传体小说《我的左脚》。他在自传中，向世人宣告，“我的左脚支撑起了我的整个生命，我的左脚在创造着不屈不挠的生活”。之后，他创作了很多的作品。在他短暂的一生中一共有五部小说、三本诗集先后问世，他以真挚的感情、深刻的哲理、动人的故事和诗一般的语言震动了读者和文学界，成为爱尔兰最有名的诗人和小说家，创造了爱尔兰的神话与奇迹。

布朗用惊人的毅力对他残缺的人生负责，很认真地完成了上天交给他的苦难作业，而且还很完美。

一个有了责任心的人，他就会有明确的人生目标，有对自己、家庭、社会勇于负责的精神。能遵守社会规范，有承担责任和履行义务的自觉态度。托尔斯泰说：“一个人若没有热情，他将一事无成，而热情的基点正是责任心。”培根也说过：“责任好比宝石，它在无数光影的照耀下显得更加灿烂。”责任心是一个人能否立足社会、成就事业最基本的人格品质，在某种程度上讲，责任心有多大，我们的人生舞台就有多大。因此，每个人要有所作为就得有责任心，只有这样才能对得起自己的良心。

太阳有照耀大地的责任，雨露有滋润万物的责任，人有履行义务的责任，一个人只有不辱使命，才能做一个称职的有责任感的人。就像布朗那样，上天虽然没有给予他健全的身体，却给了他一只灵巧的左脚，同时，给了他第 25 根肋骨，那就是他的责任心，它可以让一个人更加傲然地挺立于大地之上，做大地上的星！

听一朵花在说些什么

如果遇见一朵心仪的花，不妨坐下来，听听它在说些什么。

听它说，风的熨帖；听它说，光的惬意；听它说，岁月；听它说，天涯。

只要你愿意，你可以走进任何事物，你思维的触角神奇无比。当你走进那虚幻而又真实的城堡，你是否闻得到那属于自由的，灵魂的香气？

听它说，缓慢地生活。不是每个人都可以成为参天大树，更多的时候，你是一棵小草，一朵小野花，可这又何妨，这并不妨碍你去倾听天籁。

周末回了趟老家，叫勃利的小县城。当地人说，近几年经济萧条，消费形势自然也不好。中心商场，一楼最显眼的柜台空着一半。假日里街上只有零散行人，蜿蜒前行。街道尽头，几年前常吃的热面馆还开着。大中午只有店主一人，有一搭没一搭抱怨着，人少了生意不好做，说不定哪一天就不做了，去南方走走。

店主有个五岁的小女儿，下过雨后，总爱在店前窄小林带里挖蚯蚓，攒很多带回面馆。大人没发现，就埋到花盆里。被发现就挨顿骂，再等下一场大雨。可她家里的花总是开不长。因为虽然蚯蚓可以松土，但是盆内的土壤面积小，蚯蚓繁殖速度很快，虽不嚼食花木根系，但是许多蚯蚓缠绕在一起在盆土中造成很大的孔洞，使根系与盆土脱离，无法正常吸收水分，所以小女孩的做法看似宠爱实为毒害。小女孩显然不明白其中的道理，她只认准这蚯蚓会松土，会让她的花开得更好。

店主告诉我，小女孩先天性聋哑，只能活在自己的内心世界里。

可是我看得出来，小女孩有她自己的快乐，她经常捧着她的花，放到耳边，好像在倾听什么，这样的举动常常让父母摇头叹息，但我知道，她的内心是一座巨大的宝藏，那里蕴藏着无穷尽的景致，闭上眼，她便可以周游世界，历览人间。

她拘谨的内心，是盈着香气的。快乐的心，是一颗颗小石子，揣着它投入生活，再冷寂的湖面，也会泛起微澜。

我感动于这小女孩的执着，她向我传递道义，我愿我的善良，与她整齐划一。

小女孩的世界多么干净而幸福，和她比起来，大人们的烦恼无以复加，增高鞋垫无法拯救的身高，饿得头晕眼花也甩不掉的脂肪，庸常的面貌，平凡的出身，几乎为零的才华，随时爆炸的性格，间歇性的抑郁，银行卡里的可怜数字，挥之不去的猜疑，周围人的春风得意……这世界仿佛一场灾难。

看着小女孩蹦蹦跳跳地在面馆门口进进出出，对着我绽放比阳光还灿烂的笑脸时，我知道，这人间可以冷清，但不能荒凉，哪怕只剩一朵花，也可以迎风飞舞。哪怕只剩一个人，也可以蹲下来，闻一闻那朵花的香。

雨果对待死亡的态度，对人的幸福具有重要的指导意义。年迈的雨果看到周围的朋友相继去世了，他喃喃地说：现在该轮到我了，我也要去了。他写道：我的生命之线太长了，它颤动着，就要挨利刃。铁石一样心肠的收割人，拿着宽大的镰刀，沉吟着，一步一步，走向剩下的麦田。可以想见，当雨果真的面对死亡的时候，他的内心和脸上也会充满幸福。既然死亡是再自然不过的必然过程，我们又何必为此而忧伤和恐惧呢？要做一个幸福的人，不仅要好好地活，还要痛痛快快地死。

我从雨果的话里得到启示，假如有一天，我即将离去，亲爱的人们无须到场，给我一束花即可。

我在想，简单地用一朵花为我送行，我的死亡，是不是也有了芳香的味道？

此生和来世，我都愿意，见到花，便抽动鼻子，见到蘑菇，便蹲下身躯。

妻子是调剂生活的大师，她告诉我，即便生活是一团乱线，没头没了地缠绕、吵闹，我们也一样可以优雅地周旋，游刃有余地，让那灵魂触及月光。

法国作家弗朗索瓦兹·萨冈说："在某一栋黄色的房子里，所有的楼梯和阳台都突出在屋外，某种东西使你想坐在阳光下，想去偷果子，想用接连几个小时去谈论一件极小的事情。"

我的脑海中便满满都是小女孩托腮凝望花朵的样子，有欢欣，有鼓舞，也有忐忑和失望。

花落了，不是它的生命要凋残，而是你起身离去，再不回过头来。

再回老家的时候，我决定要送一盆极好的花给那个面馆的小女孩，并且用手语告诉她蚯蚓不适合放在花盆里的道理。还要告诉她，只要用心听，就可以听到很多花的秘密。听到它的欢喜和悲伤，听到它的明媚和忧郁，听到它起床时伸着懒腰打着哈欠，甚至，听到它睡着的时候，四散开来的鼾声。

第二辑

心是天然的乐坊

一篮花香，一檐鸟声，一壶日月，一线流光，人生大起大落事，最后莫不归于沉寂。放平稳心，行光明事，仰望，不为攀附，俯视，不为辱蔑。如是，目光所及，皆为风景。

月亮是妈妈的枕头

拗不过一个老师朋友的再三请求，我这个“知名作家”只好临时客串，给她的学生们上了一堂作文课。为了激发孩子的想象力，我做了三张卡片，上面分别写着：落叶、微风和弯月，我想让孩子们用尽可能多的词汇来比喻它们。卡片在孩子们手中快乐地传递着，仿佛在传递一个快乐的消息。他们浮想联翩，各种各样的比喻层出不穷，卡片上密密麻麻地写满了孩子们天真的想象。

我拿着那充满童稚的卡片，一张张读下去，“落叶是秋天的信笺”“落叶是冬天的请柬”“微风是我在夏日午睡时，外婆手中轻轻摇动的扇子”“弯月是被嘴馋的天狗咬了一大口的月饼”，每每读到这些精彩的句子时，我都会让写下这个句子的那个孩子站起来，顺便夸赞他们几句，满足一下孩子们小小的虚荣心。孩子们活跃极了，对那些写出了精彩句子的同学给予长时间的掌声。这堂作文课既生动又活泼，比我预想中的效果要好。在旁边听课的朋友也偷偷为我竖起拇指，对这堂作文课很满意。读到最后，我的眼睛一亮，被一个更为新颖的比喻吸引了：“弯月是妈妈的枕头”。虽然新颖，但我认为这个比喻句不大贴切，为什么单单是妈妈呢？我这样问的时候，那个叫陈露的小女孩站起来，涨红了脸说，“妈妈累的时候可以枕着它好好睡上一觉。”我说，“不如改作‘弯月是上帝的枕头’，因为上帝在天上，离那个枕头更近些，呵呵。”我和她开着玩笑。她没表示赞同也没表示反对，依旧涨红着脸，好像是要为自己辩解，却欲言又止。我便借题发挥，让同学们来评断这两个句子，哪一个比喻得更贴切一些。同学们立时乱作一团，叽叽喳喳地开始评判，或许是孩子们慑于老师的权威，最后一致认定“上帝的枕头”更为贴切。

“那枕头是妈妈的。”这是我听到陈露声若蚊蝇的唯一的一句辩驳，在孩子们的喧嚣里，显得有些纤弱无力。

下课后，朋友对我说：“陈露的那个比喻句是有根据的，因为她的妈妈就在天上。从她一出生下来，她的妈妈就去世了。”我无比惊讶，“那你为什么不早点提醒我？”我埋怨着朋友。

“可是陈露不想让同学们知道她是一个没有妈妈的孩子。”朋友说，“上学第一天她就偷偷和我拉钩，让我为她保守秘密。现在，还整天和同学们炫耀自己的妈妈是世界上最漂亮的妈妈呢。”

我懊悔不已。我犯了一个多么大的错误啊！“弯弯的月亮是妈妈的枕头”，回头重新想想，这个比喻句是多么贴切！妈妈在天堂里，不是正好可以枕着那轮弯月吗？那枕头是妈妈的。我的耳边一直回荡着她为自己辩驳的话。这里面裹着一颗多么执着的爱着妈妈的心啊。我仿佛看见，她正捧着妈妈的照片，委屈地掉着眼泪。她想给妈妈一个温暖的枕头，却被我无情地夺走了。我给孩子那颗固执又柔软的心，泼了冷水，造成了怎样的伤害。

“明天让我再给孩子们上一节作文课吧。”这一次，变成了我对朋友的请求，“我要给孩子们好好讲讲月亮，这个枕头本就该是妈妈的，上帝，请先靠边站。”

一粒飞翔的扣子

他是单亲家庭中的孩子，父亲在他很小的时候就出意外去世了，母亲为了他，一直没有再嫁人，许多年来，靠着四处打零工，含辛茹苦地将他养大。

参加中考那年，他背着母亲，偷偷地报了中专。以他的成绩，考上重点高中是没有问题的，然后就可以去圆他梦寐以求的大学梦了。但为了能够早日参加工作，减轻母亲身上的重担，他还是私自做了报考中专的决定。两个月后，通知书下来，他得偿所愿。

临开学的前一天，母亲领着他去商场，千挑百选地选中了一件在她看来又漂亮价钱又不算太贵的衣服。他是不大相中的，可是他似乎没有发表意见的权利，母亲问都不问他一下，就霸道地买了下来。她坚信她给儿子买的这件衣服是天底下最漂亮的衣服，能让她的宝贝儿子成为天底下最帅的孩子。殊不知，在她儿子的学校里，那件衣服却是最土气的，同学们翻白眼嘲笑他“土包子”，他便动了要换一套行头的念想，可他心里也清楚得很，为了供他上学，母亲已经累得恨不得佝偻成一个句号。可是少年的虚荣心还是占据了上风，最后，他咬咬牙，写了一封信：

“妈妈，新学校的环境很好，你别担心。我每天吃得好，睡得好，学习也刻苦。老师们都夸我学习用功呢。”

为了使他的信更具有真实性，他还故意编造了一个小事件，他说他在跑赛的时候不小心摔倒了，把上衣的一粒纽扣弄掉了，衣服也破了个很大的洞，“这件衣服看来是无法修补的了，妈妈，请您给儿寄来200元钱，我自己去买一件衣服。其他都好，勿念！”

没几天的工夫，汇款就到了，随着汇款一起到的，还有一封信。

“吾儿，身体没摔坏吧，有没有让校医好好检查一下？妈不在你身边，你要懂得照顾自己。钱已汇去，你自己去买衣服吧，另外，那件摔破的衣服不要扔掉，你可以把扣子缝上，坏的地方也可以在里面缝补一下，那样你就可以两件衣服换着穿了。好了，不说了，无论何时，都要以学业为主，不要为旁事分心，不要惦记妈，家里一切都好。”

他想，母亲真是个老古董，这么容易上当受骗呢！

他把信折好，准备放回信封里。可是当他拿起信封的时候，却从里面掉出来一粒扣子。他愣住了，心中有种说不出的滋味。其实，那样的扣子随处可见，可是母亲却千里迢迢为他寄来，因为母亲坚信，只有她的扣子才配得上她儿子的衣服。对她的儿子没有一丝一毫的怀疑。

再往外倒，竟然还有一根穿好了线的针。慈母手中线，游子身上衣。在这一刻，他感觉到这句古诗写的是多么贴切！

那个信封竟然像有待开发的宝藏一样，层出不穷地变换出惊讶和感动！

那粒扣子是灰色的，暗淡无光，可是却刺得他眼睛生疼。他轻轻地捧起那枚扣子，仿佛捧起了母亲的心。

扣子在他的掌心，有节奏地跳动着。

他将它缝到了衣服的里层，和他的心紧紧贴着。他时时刻刻能够感受到那粒扣子带给他的温暖。

他终是没有花掉那200元钱，而是偷偷地攒起来。他要留着它给母亲买一件漂亮的衣服，因为只有母亲，才配去穿天底下最美丽的衣裳。

一粒飞翔的扣子，飞越千山万水，只为了给他，一个温暖的不容半点缺憾的怀抱。

鸟是上帝的客人

冬天，瑟瑟发抖的乌鸦，披着厚厚的雪，从一棵树到另一棵树，拣尽寒枝不肯栖。

它让我想起母亲，想起一段衰老的时光。因为劝诫，它的声音沙哑，因为寻找，它的眼睛比黑夜更黑。

陪我走过很多路的乌鸦，就这样渐渐瘦了，像一滴墨汁，正被无边无际的雪悄悄吸干。

一个早晨，我的一只蓝色的鸽子死了，僵硬的尸体在房檐上凝成一尊小小的雕像。中午的阳光将它头顶的雪一点点地融化，流过它忧伤的眼睛，流过它精致的喙，仿佛哭泣时的眼泪。

鸽子死了，目光仍紧紧地咬住天空不放。

我的一生都不曾丢弃对这只鸽子的怀念，它的翅膀曾亮开自由的歌声，让一个少年在忧郁的黄昏因为听见鸽哨而写下他的第一首诗。

终于，它来了，衔着春的袖口，逼迫严寒让路。终于，它来了，一把锋利的剪刀，剪断最后一根与冬天有关的脐带，让我们诞生。

燕子挺着骄傲的胸脯，闪着墨绿色的光彩，无所顾忌地穿过我的房间，我感觉幸福在蹑手蹑脚地轻扣我的房门。

燕子越飞越低，越飞越靠近人心，它告诉我：故乡已是春暖花开。

麻雀是夏天里最平凡的一群饶舌的婆娘。

它们三五成群，为一地鸡毛的琐事在一棵大树上聚会，又为一些小小的谣言一哄而散。它们从不迁徙，死心塌地地守着家，不停地往巢里铺垫柔软的草和快乐的阳光。我轻轻地关上窗子，不去惊扰它们拾掇自己的家，房顶上的炊烟笔直笔直的，我听见了它们快乐的争吵。

比起其他的鸟，麻雀更多的时间是蹲在地上，仔仔细细地拾拣着生活。

那棵树上一共有多少只麻雀？我在阳光下快乐地数着，数着数着，就把自己也数了进去。

到了夜晚，便听见了杜鹃的哀啼。

杜鹃栖在夜的胸脯上，用血清洗着一盏盏黎明的酒杯。

在太阳变冷的山脚，在月亮扎根的地方，杜鹃绽放的哀鸣，让夜加快了焚烧。

让风吹过来吧，在黎明前，让我咽下所有的黑暗，只为那黑暗中，有杜鹃如泣如诉的相思。

那天，我抓到了一只很普通的鸟，老人们告诉我，那是喜鹊。抓到喜鹊，就是抓到喜了。有人劝我用笼子把喜气留住，我却将它放掉了，因为在我的手里，它是黑色的，而放到天空，它才是彩色的，斑斓的——

鸟是上帝的客人。

秋天，我看见一排排大雁，把悠悠的曲调一路唱到天堂。

身后的家乡只剩下明灭的灯，父亲的手被秋风撇下，幸福的门框在我渐远的目光里摇晃。

雁，看我们谁逃离得更快？谁又在回家的路上最先掉下眼泪？

陌生的康乃馨

母亲节的时候，母亲意外地收到了一个陌生人送来的一束康乃馨。里面夹着一封信，信皮上写着：妈妈收。

哦？这是你们俩谁出的鬼点子？母亲一边微笑着望着我和姐姐，一边好奇地打开了信封。

“您不知道我是谁，但请允许我这样称呼您，妈妈！

“我就是那个在您的小摊边上犹犹豫豫的小女孩，我手里攥着五毛钱，想买您的雪糕，可我的作业本用没了，这五毛钱还可以买两个本子的。我望着您的雪糕，舔着自己干裂的嘴唇，不忍离开。您看到我了，给了我一个大大的雪糕，还催促我快点吃，说，再不吃，就都被太阳公公给吃了。我笑了，那个雪糕真甜啊，上面有暖暖的奶香。”

哦，原来是那个可怜的“小不点”。母亲说她最见不得孩子可怜的样子，让人心疼。母亲接着往下读，眉头却慢慢皱了起来，满是疑问。

“您不知道我是谁，但请允许我这样称呼您，妈妈！

“我就是那个在您的小摊边摔倒的淘小子。我在大街上溜旱冰，溜得太快了，不小心撞到了您。可您却赶紧把我扶起来，送到诊所去。您的伤比我严重多了，医生要给您包扎，您却说，大人皮厚，小孩皮嫩，先给孩子包扎吧。您摸着我的头，温柔地责怪我说，淘小子，以后在大街上可不许再溜旱冰了。撞到我算你好运，要是撞到汽车，小命就没了。”

母亲想起了这个淘小子，自从医院出来以后，就没有再见到他。“没想到他还记得我”，母亲自言自语，却愈发的糊涂了，那么送花的到底是那个“小不点”，还是这个“愣小子”呢？

更大的谜团在后面。

“您不知道我是谁，但请允许我这样称呼您，妈妈！

“我就是那个断了双腿，只能爬着走路的小乞丐。那天，您不仅给了我钱，还递给我一个大大的饭盒——那是您的午餐。等我吃完这最香的一顿饭时，您还给了我一副套袖，里面絮着很厚很厚的棉花。那是您用一个中午的时间做成的，您说看到我的胳膊流血了，一定很疼。让我以后‘走路’的时候套上它，就不会再磨破胳膊了。”

“真的不是你们两个搞的鬼？”母亲望着我和姐姐，再一次问道。我和姐姐也被弄糊涂了，一个劲地摇头。此时此刻，我和姐姐除了疑问，更多的是愧疚。母亲节，怎么就忘了给母亲礼物呢？

那这个人到底是谁呢？他又是怎么知道我做过的这些事情呢？母亲忍不住接着往下看，真相渐渐浮出了水面。

“看着您每天忙忙碌碌的身影，像极了我的妈妈。所以，我就把您当成我的妈妈，每天能看到您，心里就会暖暖的。所以，请您替我收下它好吗？母亲节，我很想很想送给我的妈妈一束康乃馨。可是她去了天堂，我不知道怎么给她。您那么喜欢帮助别人，您一定有办法转交给她。是吗？”

母亲一下子想到是谁了。那是母亲的“跟屁虫”，母亲走到哪里，她就跟在哪里。那是个坐着轮椅的爱看书的小姑娘。她的妈妈去世两年了，她活在忧伤的潮水里，不能自拔。母亲有空就和她聊天，逗她开心。时间长了，小姑娘开始依恋母亲了。

母亲做的那些事情，她都看在眼里，留在心中。

我和姐姐愈发的愧疚了，母亲做的这些事情，我们竟然一点都不知道。平日里我们只知道母亲很忙，忙得不可开交，忙得忘记了对我们说爱，以至于常常对母亲生出抱怨。殊不知，母亲是如此伟大，让我们自豪。她忙忙碌碌，是因为她是散播爱的天使啊。

我推开窗子，拿着那束康乃馨，对着正在院子里晒太阳的那个坐在轮椅里的小姑娘使劲地喊道：你的妈妈收到你的花了，你的妈妈让我告诉你，她爱你。

小姑娘笑了，很灿烂的笑，满世界姹紫嫣红。此时此刻，我和姐姐想对母亲说的话，竟然与那个小姑娘在信的末尾写的几乎一模一样：

“妈妈，如果世间真的有天使，那么我相信，您，一定就是圣母玛利亚。”

把生活变成诗歌

记得小时候，一个夏天的夜里，有一只飞虫飞进了我的耳朵里。我慌张地使劲拨楞耳朵，可是那个顽皮的小飞虫死活不肯出来。我急得哭了起来。

奶奶取出一滴清油来，她说，往耳洞里滴几滴清油，就可以把飞虫的翅膀粘住，然后憋死它。

而母亲却让我站起来，把耳朵对着明亮的灯泡，并像变魔术一样地趴在我的耳根上喃喃低语：虫儿虫儿快出来，给你光亮让你玩……果然，不一会儿，虫儿就慢慢爬了出来，围着灯泡快乐地旋转起来。母亲说，虫儿最喜欢的是亮光，哪里有亮光，它们就会朝哪里飞奔。

对于两种不同的方法，诗人孙晓杰解释道：前者是生活，而后者就是诗歌。

奶奶去世的时候，我既伤心又害怕。一个疼爱我的人永远地走掉了，再不回来。蓦然间令我感觉到生命的黑暗。父亲来开导我，他摸着我的头说，奶奶出远门了，那个方向是通往天堂的方向，上帝正在花园里召唤她呢，因为上帝喜欢她。我知道奶奶是个很虔诚的基督教徒，这样的解释让我的心锁顿时打开，父亲把我的悲伤改编成了童话。

从此我微笑着生活，我知道奶奶是希望我这样的。无论走到哪里，我都会给自己，也给别人以微笑，把手中的爱尽力扬撒到世界的每一个角落。

同样是小学三年级的学生，在作文中说他们将来的志愿是当小丑。一个老师批之为：胸无大志，孺子不可教也！另一个老师祝愿说：愿你把欢笑带给全世界！

有一次到日本伊豆半岛旅游，路况很坏，到处都是坑洞。其中一位导游连声抱歉，说路面简直像麻子一样。另一个导游却诗意盎然地对游客说：诸位先生女士，我们现在走的这条道路，正是赫赫有名的伊豆迷人酒窝大道。

人生也是这样，当你被一件事情困扰的时候，想没想到换一种方法来解决它呢，我们每个人，无法主导生命，却可以改编生活。那个时候，你会觉得生活是一件很诗意的劳作，而并不仅仅是从一只肩膀到另一只肩膀的疼痛。

生命中没有导演，无法为自己的人生进行彩排。但我们可以是编剧，尽管每个人的生活都会是一本陈年旧账，但我们可以把它变成我们想要的体裁，那些风花雪月可以改编成诗歌，那些柴米油盐可以改编成散文，那些坎坷和灾难可以改编成小说，让你的人生时而像水一样流淌，悠闲而又充满诗意；时而又像山路一样跌宕起伏，峰回路转，柳暗花明。生活是一座杂乱无章的素材库，我们要做的，就是努力使自己成为一个优秀的编剧。

出生前的那片海

“雷蒙，你为什么总是微笑？”有人问。

“当你得完全依赖别人才能生活下去，你就一定要微笑。”这是雷蒙的回答。

这是电影《深海长眠》里的一段对白。我想对于一个从脖子以下高位截瘫二十多年的人来说，他的意思是既然活着，那么微笑是你最好的选择。但是他并不想活着，他一心想的是死亡。

作为健全的人，我们其实永远无法真正体会那些身有残障的人的感受。我们看到许多“身残志坚”的人，比如霍金，比如张海迪，他们的成就让我们敬佩，让我们自惭形秽。但是他们对生命的体验我们能了解吗？

生活困顿的邻居罗萨、身有残疾的漂亮女律师朱丽娅，她们本来都想去帮助雷蒙，但她们渐渐发现她们自己才是需要帮助和被帮助的人，她们都爱上了雷蒙。因为他的心灵比她们都透亮。这种透亮不是一般意义上的“身残志坚”，那是一种对死亡的深切了解。

在我家附近，有个靠捡垃圾活着的精神病人，每天穿着一身脏兮兮的破烂衣衫，无所顾忌地招摇过市。

他和别的精神病人有些不一样，他不像他们那样口中总是念念有词、神情举止异常怪异。他很安静，有时候甚至安静得像个做了错事的孩子，蹲在地上，静静地望着每一个从他身旁路过的人。

他对每个人都保持着羞赧的微笑，好像每一个人都是他的朋友一样。淘气的孩子们捉弄他的时候，大人们放宠物狗追他的时候，他也是开心的，他认为那是他们在和他玩耍。

他没有明天，他只能活在今天。冬天将至，他单薄的衣衫开始无法抵御渐渐袭来的风寒了，但他丝毫没有被自己的窘境所担心，依然没有改变的，还是他脸上的微笑。

他用微笑应对着他多舛的命运。

那是一个黄昏，夕阳鲜血一样灿烂，他安静地坐在地上，对着夕阳发呆。他就那样孤独地坐着，风将他的长发吹得更加凌乱，那一刻，我看到他除了微笑，还有一双忧郁的迷人的眼睛，让人爱怜。

那是一幅很美的画面。

第二天早上，人们发现他已经死去。脸上带着微笑，夕阳将他的心完完全全地收留了。

我不知道他在那一刻心里想着什么，为什么会带着微笑离去。他已经是一个没有思想的人了，怎么仍然会那样着迷灿烂的夕阳呢？或许是他感受到了将要到来的死亡吧，没有恐惧，相反，却感受到它异常的美丽，像夕阳，闪耀出最灿烂的光华后，归入沉寂。

那是他无法表达出来的夕阳的美：宁静、深邃和生生不息。

《深海长眠》中有个镜头反复出现：雷蒙年轻时跳水伤到颈椎，身体瞬间失去知觉，但他睁着眼睛漂在水中，一脸平静……我想那一刻他肯定“看到”了死亡，如此静谧，如此安详，他甚至不想从“那里”回来。于是此后的二十多年他只想“回去”，回到他出生前的那一片微笑的海洋。

死不是可怕的事情，但在回到出生前的那片海域之前，你一定要认认真真地去度过你生命中的分分秒秒，因为那分分秒秒的生命最终将会化作海面上那些幸福的泡沫，飘舞在你的灵魂旁边，帮你唤醒那些沉睡的花朵。

微笑着去度过你生命中的分分秒秒吧，尽管活着是那么沉重，而死亡如此轻灵。

累了，就睡在风里

她梦想着成为一只鸟，梦想着和那些云朵为伴，梦想着去天空那座大房子里徜徉……她为自己的梦想不停地祈求，每时每刻都在祷告。

上帝终于被她感动，应了她的祈求。上帝说，我可以将你变成一只鸟，但是你必须丢弃你的双脚。她毫不犹豫地答应了。从此，她变成了一只没有脚的鸟，一直飞啊飞。

她快乐地起飞了，风在她的翅膀下喋喋不休，风带走了她生命中所有悲伤的消息，包括那一场令她轻视的恋情。

她说，只有飞翔，才有快乐。风会为她把所有的花香都聚集到一起，她陶醉在风里，她感动得想哭。

终于飞到了云朵身边，可是她突然发现，那些云朵不过是一些水雾，她穿过去，雾水还会把她全身淋湿。她有些失望，天空是什么呢？天空没有顶，不是她想象中的大房子，她永远也摸不到天花板，高的上面还有更高。

同时淋湿的还有一颗心。她第一次审视自己，她想，她飞到天空，最终要寻找什么呢？

她飞得太高，渐渐地，再也闻不到花香，闻不到泥土和尘埃的气息。

云朵上有她的梦想，她却怎么也抓不到手里。她开始怀念地面，但是她却再也不能落下。

没有脚的鸟，飞啊飞，累了就睡在风里。死的时候，她说她终于望到了天堂。她留下一根羽毛，她对着那根羽毛说，别再想着飞翔，落到地上，贴着地面，去体会一下尘埃里的幸福吧。

是啊，尘埃里也有幸福。那是她临终前的悔悟。她想卸下翅膀，换回她的双脚。她只想用她的双脚，沾一下亲切的泥土。

如果梦想太高，那梦想就成了冷冷的月亮。人世间，有些东西，你千辛万苦寻找到它，也正是你要失去它的时候。

没有脚的鸟，便是丢了根的人。他们只想到高处的梦想，却忽略了身边的幸福。

你的疼痛，几克拉重

这是一个电影里的故事，有一个母亲遭到自己独生子的虐待，被打得满身是伤，被警员发现之后到家里调节却总是无果。电影的主人公前往后发现，这个孩子是被这个被殴打的母亲溺爱长大的，20 多岁的人，天天待在家里，不愿意上学，不愿意出门，母亲一和他说话他便拳脚相加，没有轻重。接着这个主人公忍无可忍地狠狠揍了他一顿，结果这个孩子哭了，他才知道被打是这么疼，于是跪着向自己的母亲忏悔。

儿子的一次疼抚慰了母亲身心的痛，一次疼唤醒了孩子的良知。

一个人，最怕的不是疼痛，而是不懂疼痛，是麻木，冷漠。

现在应该有很多这样的孩子，他们没有尝过被打的滋味，所以当被激怒使用暴力时便不知轻重。所以才有了那么多幼儿的伤害事件，甚至会有用火烧烤自己小伙伴的惨剧。在一本书里看到说一般在两个或多个孩子的家庭长大的孩子会比较不容易不知轻重地伤害别人，因为在孩子们之间难免会有打架，他们在这一次又一次的打架中尝试到了拳脚的轻重，知道什么样的力量会让对方感受到疼痛，也知道力量到什么样的程度才不足以让对方受伤。可悲的是，在中国大部分家庭只有一个孩子，这个孩子都在长辈的溺爱中长大，他们肆意地做他们喜欢的一切事情，他们不知道食物的可贵、不知道何为饥饿；他们不知道暴力带来的疼痛是什么样子，所以可以按照自己的喜好将暴力施于任何人；他们自私且目不斜视，因为在家里所有的一切都是围着他转的，他无须去关心其他人；他们从小就被电子设备绑架，他们的游戏是电子游戏，他们甚至连玩伴都不需要，与其说他们丢失掉了身体的感觉，丢失掉了某种自己，不如说他们从来都未曾拥有过……一条一条写下来，我甚至怀疑自己写的是恶魔的简介，可是并不是，可能会有些极端，可这些就是现在孩子的现状。

有一部叫作《心理测量者》的动漫，讲述未来世界的故事，在那个未来里，犯罪是可以根据对人的心理分析而被预知的，那里的人都被高科技严密地保护着，家里有管家，管理你的衣食住行，出门随时随地可以查看安装在手表上的电脑，那个时代的人已经不知道何为犯罪，何为暴力。突然有一天有一个人在人群中抓住了一个女人，用力捶打她的脸，但是周围的犯罪预警并没有发出警报，周围的人全都愣在了那里，他们不知道发生了什么事，他们不恐惧也不呼救，他们不知道该做些什么，他们甚至不知道发生了什么，因为在他们的意识里已经没有了暴力的概念，我觉得这是比麻木更可怕的事。

每个人的心，都是一座花园，阳光雨露必不可少，然而疼痛也是不可或缺的。就像一朵花，你要让它开得灿烂，就要果断地修剪；就像一棵树，你要让它笔直生长，就要删繁就简。

疼痛是生命的钻石。经历疼痛的时候，你不要只顾着喊疼，只顾着掉眼泪，要懂得，那痛虽然锥心刺骨，却也磨砺着人心，终有一天，你的花园会呈给你一颗耀眼的钻石。你的疼痛有多深，你的钻石就会有多重。

你的疼痛，几克拉重？

快乐的甜指甲

诗人北北曾经写过一篇很短小的随感，里面记录了一件再渺小不过的事：“曾在办公桌上看到一群蚂蚁，它们蚁头攒动地簇拥在一片小指甲上啧啧吮吸，兴奋得无以名状。这是一片剥过龙眼或者巧克力后才被剪掉的指甲吧，上面残留着一丝微不足道的甜味，谁会对它生出兴趣呢？老鼠不会，猫不屑，但在蚂蚁的日子里却溅起汪洋般无边无际的快乐。”

这是一只蚂蚁的快乐，一片甜指甲带给蚂蚁的快乐，渺小琐屑，却真实生动。

我认识一个年岁很大的邮递员，胖胖的身子，每天骑着车子，气喘吁吁却快乐无比地穿梭于大街小巷。他那绿色的大帆布兜子里，没有一封信是属于他自己的，但他无比欢愉，他知道，那里面有急切、有慰安、有挂念、有叮嘱、有思念、有爱意，他帮助人们传递这样的情感所带来的快感，远胜于骑着单车上坡下坡的劳顿。他爱上了这份职业，日复一日，风雨无阻。

我们常常为他的快乐精神所感染，对于急着为我们带来福音的这个邮递员，对于他不敲门就进院的不礼貌行为，我们也常常能够轻易地原谅。

这个老邮递员，于这茫茫人海，也该算是一只蚂蚁吧。他找到了他爱着的一份职业，兢兢业业地去做，快快乐乐地去做，仿佛吮吸着那片充满甜味的小指甲。他渺小、清贫、缓慢，却走到我灵魂的前头去，他是我的楷模。

在时间和时代的摧残下我们行色匆匆，茫然地向前赶着。即使遭遇不幸，也不敢长久地哭泣，只怕错过了太阳又错过了星星；即使有美丽惊现我们卑微的生命，也不敢为一朵花儿停留太久，只怕为了一片树叶，失去整座森林。我们为了“得”，不断地去学习“失”，去习惯“失”，去刻意“失”。可是渐渐我们还是发现，我们的灵魂如同一个空屋子，可以常常刷新到全新状态了，也终于找不到往日生命中曾有的温存了。

一个人所求甚少，得到的快乐越多吧。放慢脚步，你可以那么悠然地看风景，于平静的心尖上，去欢喜每一个人、每一句话，像风一样从容。

即便你再苦，一个甜指甲总有吧。它可以为蚂蚁们溅起汪洋般无边无际的快乐，何尝不会在你的心间，荡起一丝甜蜜的涟漪呢？

5 号病房里的天使

罗琳是澳大利亚唐人街上一家医院的年轻护士，性格开朗活泼，她热爱自己的职业，喜欢别人叫她“白衣天使”。她的脸上时时刻刻都洋溢着温暖的表情。因此，她去过的每一个病房，便都有了春天的气息。

“嗨，你今天还好吗？”她会装作若无其事地和重症患者打招呼，病人就笑了，虚弱的脸上慢慢浮现出阳光的颜色；她会从家里捧来一大堆好看的彩色故事书，给那些生病的孩子们看。童话看多了，孩子们就时不时地管她叫“天使阿姨”，每一次她都欢快地应着；有时，她干脆坐下来，忙里偷闲地和那些生病的女人们唠唠家常，恨不得连做饭的技巧都互相交流下。她心软，感受到患者的疼痛和哀伤，就会在心底偷偷地流泪，所以她尽量用自己无微不至的关爱，减轻他们的疼痛。

罗琳清清楚楚地记得自己第一天上班的样子，紧张得要命。给患者打针的时候，总是找不到血管，急得她的眼泪在眼眶里直打转。有些善良的患者就会安慰她，“别着急，慢慢来，”她的心立刻就被感动塞得满满，她就发誓，一定要好好回报这些可爱的患者们。

圣诞节到了，罗琳从家门口出来，心情愉悦地去上班。大街小巷弥散着浓浓的温情，尤其是各个商店的门口，服务人员穿着圣诞老人的服装，拎着袋子，为路人派发着各种小礼物。而此刻，罗琳的手里同样也拎着一个袋子，那里面是她早已为她的患者们准备好的一些小礼物。都是些形象各异的充满喜气的小工艺品，还有形形色色的糖果！

她把这些小礼物一一送给了她的患者们，患者们回报给她深情的拥抱和亲吻。其实她不知道，她的微笑就是送给患者们的最好的礼物。

她有一个特殊的礼物，要送给一个特殊的病人。想到这里，罗琳便有些心事重重起来，因为5号病房里，有一处阳光照不到的角落。那里有一个小男孩，是个孤儿，在路上晕倒的时候被好心人送到了医院，他得的是白血病。

入院7天之后，医院决定了要放弃治疗。现在，医生们正准备去拔除男孩身上输液用的插管。

“明天，明天再拔行吗？”在院长办公室里，罗琳带着哭腔央求道，“今天是圣诞节，让孩子快快乐乐地过完它吧。”

“医院不是慈善机构”，这是柔软的罗琳碰到的冷冰冰的墙，她的脸上不禁淌下了泪水。

她不敢面对那个孤苦无依的孩子，一直挨到傍晚的时候，她心情沉重地来到5号病房，来到那个瘦小的患者身边。

“阿姨，他们拔掉了我身上的管子，是我的病要好了吗？”男孩气若游丝，轻轻地问她。

“是的，圣诞快乐！”罗琳带来了她的礼物，一只可爱的小布熊。

“小熊真可爱！谢谢阿姨。”男孩高兴地说，转而又无限忧伤起来，“可是，圣诞老人恐怕没有给我带来什么好消息吧？”

“不，”罗琳说道，“今天他太忙啦，还没来得及看你。你知道，圣诞老人很喜欢助人为乐，到处去做好事，满足很多人的心愿。可是他自己忙不过来，他需要找一些帮手，所以他的身边总是围着很多长着翅膀的小天使。每年的圣诞节，他都要到人间来选一些又可爱又能干的孩子做他的天使，帮他到人间做好事。”

“我会被选中吗？”男孩瞪大了眼睛，充满期待地问。“一定会，因为你是最棒的。”罗琳强忍着泪水，微笑着对男孩说，“所以你要早点睡，养足精神，等着去做天使，跟圣诞老人去派发礼物。”

窗外，夕阳满天。最后一束阳光抖擞着身子，从窗帘的缝隙间拼命地挤进来，照着男孩的脸，和他怀里的小布熊。

男孩和她道了声“晚安”，然后就睡下了，再没有醒过来，嘴角一直留存着甜甜的微笑。只有罗琳一个人知道，那微笑是用一个谎言编织出来的，那微笑里藏着一个关于天使的虚无缥缈的梦。

而那个谎言，是关于夭亡的最美丽的解释。

一棵树娶了两棵树

院子里开满樱桃花了，二十几棵樱桃树晒出一片白亮亮来。风里没有花香，只有飞来飞去的落瓣。记得小时候的花是香气四溢的，现在连花开也没了香味儿，或许是它们把爱意深藏了起来，发酵着，等到某一天厚积薄发，让那些香气铺天盖地而来，醉倒尘世几颗玲珑的心吧。

妻在春天的早晨忙活开来，像只贪婪的蜜蜂，飞在姹紫嫣红的院子里。当她一头扎进樱桃丛的时候，她也便成了一棵樱桃树，开了满身的花；当她抬头看着那刚刚醒来，在枝头不停地抖弄翅膀的鸟儿的时候，她也便成了一只鸟儿，满身满心挂着欢快。

多么动听的鸟鸣，无论多疲惫的身心，我都愿意被它唤醒。我不舍得在这么明媚的早晨睡下，尽管，为了创作，整个夜晚都被我点燃，被我高高挂起。我惦念着那些鸟，这春天的使者，它们是否留下一封邮件到我的花园？

我喜欢这样的清晨。仿佛时间从未极快地将我们从天真里卷走，一切都还在老地方，还是老模样，我也只是个不会被任何速度打扰的孩子，睡眼惺忪地睁开看了一下，又安然了无牵挂地睡去，继续梦着我的花儿和罐头瓶里的小虾……

想到自己的孩童时代，从每一个有鸟啼的清晨醒来，像一朵花儿悄悄张开。我们听到鸟儿的叫声，便觉得世界是和自己一起醒来的，欢闹着与时间一起飞向快乐。

已经很远了。刹那间升起缠绵的思绪，若不是窗外清晨里的鸟叫声，不可能让我一下穿越多年的遗忘，于过去的经历中捡拾回些许的碎片；已经没有当初的小伙伴了。也不能再与谁背着小书包，重走一段鸟儿啁啾，阳光即将迎来的清晨的路。

还好有女儿在，她在延续我们走过的路。

妻在院子的空地上撒了很多菜籽，有香菜、臭菜、茼蒿、菠菜、生菜……到时候再把鲜嫩的菜一把把地送给邻居们。我们喜欢那样的院子，鸽子在房檐上咕咕地叫着，松弛着它们的翅膀，把阳光一片一片地絮进去。所以冬天的鸽子不怕冷，因为它们在春天的时候储存了大量的阳光。

不仅仅是樱桃花，我的院子里还有杏花。与那一片雪白相比，这里便是绯闻的中心了。粉色，让人想入非非的颜色，勾引了我的思绪。我想到和杏树有关的一场爱情：高贵美丽的古罗马皇后菲丽斯爱上孔武威猛的战士狄摩封，狄摩封跟皇后缠绵几个月，出征前夕答应一个月内回来，结果背信，“相思催人老”，皇后整日以泪洗面，以致容颜大改，憔悴不堪。天神怜悯皇后痴情，把她化为一株杏树。凯旋后得知真相的狄摩封后悔不迭，抱枯树忏悔，一阵风吹来，枯树顿时开出无数杏花，幻为皇后倩影拥吻战士……

我不是狄摩封，却希望得到那些杏花的吻。

妻依旧在院子里忙活着，把我的早晨搅成了一锅幸福的粥。那株一直自由自在冒冒失失地长出来的山丁子树涨满了花蕾，妻起了“杀心”，拿起剪刀，剪掉一个枝条，又剪掉一个枝条，一个一个的枝条落地，又一个个的枝条被她捆绑上去。她把李子和沙果的枝条一起嫁给这棵幸福的愣头愣脑的山丁子了，“哈哈，美坏了它，一个早晨娶了俩媳妇”，妻大声地笑着。

也美坏了妻，一个上午“制造”了一场树的爱情。妻开玩笑说，别是制造一场事故就好。大概她在担心，这一夫二妻的风流树，能否和谐美满吧。

妻唤醒女儿，要给她拍照。把她打扮成公主的模样，一会站到雪白的樱桃树旁，一会蹲到鲜粉的杏树下，仿佛要把整个春天都装进女儿的心里。

我开着窗子，看着春天的早晨发生的这一切。因为没有比日月更忠贞于昼夜的，没有比植物更忠贞于季节的。我想起去年的秋天，落叶簌簌，温暖而又感伤，它们的生命正走在我所不能见的轮回的圈里，它们离去，正是为了于这约好的季节携花而来。

落叶和新绿，似乎在完成某种交接的仪式，把生命通过泥土，一路承接过来。如此这般，生生不息。

不出所料，在我的花园，我收到了我的邮件。但我没有打开它，因为我熟知它的内容。春天的信使，怀着善念和慈悲，提醒着尘世的每一颗心：春天，别忘了种点什么。

心是天然的乐坊

最初的心，本是天然的乐坊，能奏出迷人的天籁。每个人，都有机会成为人生的演奏家。不论欢欣，还是悲苦，都可以调出不同的音色。

可是有些人的心，最后，却变成了一间染坊，良莠不分、鱼目混珠。

一个孩子，在他的奶奶死掉的时候，哭得很伤心，因为没有人再为他讲故事，没有人再为他从那破柜子里变戏法儿一样地变出好吃的东西来。长大以后的某一天，父母也死掉了，他却笑了。因为少了两张嘴吃饭，他能省下更多的钱来，而且女朋友那个关于“选择我还是选择你爸妈”的难题也迎刃而解了。

到底是什么，使一颗原本纯良的心掺杂了那么多的杂音呢？

我有一个从小一起长大的玩伴，喜欢每天黄昏在大树底下，怀抱着他的破木吉他，唱着忧伤的歌儿。那时候的他像水一样纯净，眼睛里总是泛着清澈的光。他有过闯荡乐坛的梦想，但现实的窘境令他的梦想夭折。他将他的吉他束之高阁，再没听他弹唱一次。后来他去了外省，打拼了好多年，再回来的时候，已经算是个成功人士了。他做了商人，为了利益免不了做了些不地道的事情。回到他家的老房子，他取下那把落满尘灰的吉他，想再弹唱一遍很多年前唱过的歌儿，可是他发现，吉他的弦音已经不准，他调试了好几遍也没能调回来。他放弃了，他说，心境变了，吉他的音色就跟着变了。

再后来，听说他搞了一次大规模的非法集资，被判了刑。

这就是一个生命的成长历程吗？这中间到底发生了什么无从知晓。令人唏嘘的是，这原本是一颗向着阳光蹦跳而去的音符，却如何就跌到了黑暗的谷底了呢？

法国作家朱尔·勒纳尔说，做一星期的正派人要比做十五分钟的英雄困难得多。

是啊，世间最不可揣度的是人心。在生活的水面上，有的人可以成为浮萍，有的人可以成为航标。

同样是坠落，有的灵魂是沉沦，有的灵魂是沉淀；同样是升腾，有的灵魂是烟花，有的灵魂是翅膀。

有时候，觉得我们是一群老鼠，一群无所事事的只会打洞的老鼠，把生活咬得千疮百孔。尤其是人到中年，越来越感到岁月的压迫。生活驱赶着我们，一直走，一直走。在一个欲望与另一个欲望之间，跑个不停，像一个刚刚学步的孩子，渴望奔跑，却不停地跌倒。

我们就这样习惯了奔跑，盯着前面的欲望号街车，我们不会认错它，就像绝对不会认错钞票一样，哪怕那钞票上沾着油垢、汗渍、血和病毒。

我们奔跑着，略去了身边的许多好光阴，也关紧了心口的窗子，错过了人与人之间的许多好景致。作家钱海燕说过：现在的人敞开心胸，大概只有在手术台上。我们把心设防得太紧，不留一丝缝隙。是怕外面的风雨，吹痛淋伤了自己，也是害怕自己的庄稼，被别人收割，哪怕仅仅一根稻穗。

人要学会尽力去降低一些欲望，那时你会发现，你真的可以变得很轻盈。

阳光出来的时候，我将双手举过头顶，最大限度地去和太阳亲近，那时，我的手如同树枝，枝丫间有阳光跳跃。夜里的时候，我累了，两只手就像两只小狗，静卧身边。我就是要这样的自然。一瓣心的随遇而安，一颗魂灵的水到渠成。

每个人从降生的时候起，上帝都会在他们幼小的心上，放置一根琴弦。有些人懂得呵护，演奏一生，陶醉了别人也愉悦了自己。有的人不懂珍惜，只为功利而忙，冷落了那琴弦，时间一长，鼠咬虫蚀，弦便断了。

我试着把心打开，让阳光来弹奏我的琴弦。太阳怎样教导一株小树，我就怎样教导我的孩子。爱长多高就长多高吧，把欢乐拴在风的尾巴上。我会让我的孩子贴紧我的胸膛，告诉她，她也有属于她自己的琴弦，琴弦上有月光、有火焰、有花朵、有海洋……一生能弹出多少动听的音色，就能领略多少迷人的风光。

最初的小小的心啊，本就是天然的乐坊！

霞光是太阳开出的花

一个春天，阳光普照、鸟啭莺啼、百花盛开，每一处都是让人流连的花园，但这一切，和一个人无关。因为她是一个看不见任何事物的女孩，从出生的那一刻开始，上帝就为她和世界之间，关上了一扇重重的铁门。她在里面，阳光在外面。

她多想有一双机灵活泼的眼睛，闪烁着去捕捉一个个美好的镜头，然后拿到心头去冲洗、复印，再存放到人生的相簿里，慢慢回味。然而这一切，都只是永远无法实现的奢望。她没有看过一眼这个世界。

但是既然来到了这个世界，就不能总是背着身子哭泣。母亲说，虽然没有眼睛，你还有一双手，可以触摸世界。

是的，她有一双美丽的修长的手。

母亲为她描述世界的样子，阳光、风、水、云朵、落叶……于是，她就把所有能触摸到的火热的事物，都称为阳光，把所有能触摸到的冰凉的事物，都称为水，当风从她的指缝间慢慢划过，她感受到了温柔的力量，她会沉醉，感叹世界的美好。

一只毛毛狗伏在她的脚下，她会说：哦，多可爱的云朵。

她握着手里厚厚的广告传单，说，这么多的落叶。

她微笑着，小心碰触着她的世界，缓缓地移动脚步。

人们说：这孩子的脸，像霞光一样灿烂。她便把霞光当成了世界上最美丽的事物，珍藏在心底。

她问母亲，霞光是什么？母亲说，是太阳开了花。

那是母亲领她去听的一个音乐会，在那里，她喜欢上了钢琴。母亲领她去见一个钢琴教师，那位教师说，多好的一双手，天生就该用来抚摸琴键。

与钢琴的邂逅，让她的人生有了精彩的翅膀。当她碰到那琴键，便听到了那些音符蹦跳着跑出来，那一跃一跃的跳动，忽高忽低，像她澎湃的心。

她惊讶地发现，整个世界都在琴键上呢。天空、海洋、更迭的四季，包括那令人神往的霞光。

母亲卖掉了大房子，新买来的小房子里，家徒四壁，空空荡荡，却多了一架钢琴。母亲把自己的生活拆得七零八落，却把世界完整地搬到了她的面前。

邻居们找上门来，说这嘈杂的琴声扰得他们无法休息。母亲不停地给邻居们赔着不是，她的心开始动摇了，她不想因为自己混乱的琴声扰了别人。

母亲说，上帝为每个人都安装了灵魂，那些灵魂分布在人身体的不同角落。你很特别，上帝把你的灵魂装到了指尖上，你的手指天生就该是用来弹琴的。

母亲挨家挨户地去解释，告诉他们，她是一个看不见世界的人，正在摸索着用琴声走路。邻居们的心便齐刷刷地都跟着软了。

她的琴声渐渐有了韵律，不再那样嘈杂，当那美妙的琴声响起，所有的人都知道，她又在和世界说话了。

有一天，母亲兴奋地对她说，邻居们在小区广场搭了个台子，想请她开一个演奏会。她不敢相信这个事实。那一夜，她无法安睡。飘荡在眼前的，都是幸福的花瓣和快乐的羽毛。

坐在钢琴旁，她像一个天使，脸上霞光灿烂。她优雅地弹琴，用她美丽的指尖指挥着那些快乐的音符，那些蹦蹦跳跳的音符马上变成了动听的旋律，盘旋在人们的耳畔。她惊讶自己的双手，如同附了神奇的魔力一般，在琴键上流畅自如，得心应手。

她想母亲说的或许是对的，上帝把她的灵魂放到了手指的末端。透过琴声，她向世界撒着大把大把的鲜花。人们不停地拍着手，潮水般的掌声将她摆渡到幸福的渡口。

母亲终于哭了，她为孩子找回了她的世界：阳光普照、鸟啭莺啼、百花盛开……

母亲拿着毛巾去擦拭她脸上的汗水，她紧紧握住了母亲的手，她对母亲说，她终于看到了霞光。

她说，霞光是自己的心开了花。

一只白猫撒着黑色的谎

一只白色的猫，弓着身子，在房脊上焦躁不安。

那是一只发情的母猫，婴儿一般的嚎叫，让月亮变成白森森的骨头，让屋顶上的一片片瓦汗毛倒立。

小时候对于这叫声的惊恐，如同观看午夜场的恐怖片，身上浮起一层一层的鳞片，刮掉之后还会重新密集起来。

这让我很长时间不敢走夜路，哪怕我举着再明亮的灯笼，也不敢往那个有着猫叫的深夜里前行一步。

如果没有那凄厉的叫声，这白色的猫在月色里卧在屋脊上，倒是很美妙的。只是那高高竖起的尾巴搅乱了一切，让夜有了性欲的腥味。

有的人却可以听出不一样的味道来，瞿秋白就说过："凶狠的吃老鼠的猫，'叫春'时候的音调，倒也的确很浪的。"

我从没有见过如此奇怪的东西，夜里，它阴森可怖，可是白天，它温顺乖巧，它的睡眠大概是天底下最美的睡眠。全身心的放松，像一把拖布一样，蜷缩在地上。

不小心惊动它的时候，总要问问自己，你是否打扰了一只猫的睡眠，并且，没有向它道歉的意思。

诗人宋雨写过一首诗《雪停了》：

大马路边上的那盏灯在哭鼻子
冰溜子比黄昏时掉长了一截
没有比一盏灯的哭泣更让人绝望
前不久身边的接骨木树
多绿啊
现在这场雪倒是疯了
搞得屋檐下的白猫喵呜喵呜
使劲叫唤
我们的老邻居老乌尔塔拉克说那只猫在撒谎
它在告诉我们春天来了
可是白猫就撒了一次谎
雪就停了
啊……

这首诗通过雪停了这样一个场景，巧妙地表达了一只猫“叫春”的盛大与恢宏。如果整首诗是一只猫，那么结尾的“啊”就是这只猫的尾巴。我们不妨试着在尾巴上标注一下标点符号，每个都是不同的。

问号，是我们对于这预言的恐惧；叹号，是我们对于这一切的赞美，雪，把一切鸡毛蒜皮都遮盖了；而省略号是最有意味的，犹如那只猫无边无际的欲望，在同样无边际的夜里，孤独漫游。

有时候想想，我们又何尝不像一只猫呢！一面想着刻意隐忍，一面寻求恣意发泄，一会儿在梦想的沙发里蜷成一团，一会儿在现实的麦田里举步维艰。

在这美妙的时代，人间低处的小生活还是别样的活色生香的。我和这世界的大多数人一样，都是俗不可耐的猫，慵懒地团着一个个毛线球一样的日子，挣着不多不少的薪水，干着不轻不重的活，办公室里是不会产生任何邪念的同事，下班见的是忙着柴米油盐酱醋茶的老婆以及晚上睡觉白天还困的女儿。一个人深夜在单位值班，偶尔看点儿情深色重的片子，给枯燥的性一点额外的补给，也算自得其乐。这总好过去红灯区的后生仔，没有感情的性爱像苦行僧，云朵在天边，情欲又在身体的哪一个角落漂移呢？

洗把脸睡下，第二天照样君子坦荡荡，扎根在生活的肌理里，还是芹菜猪肉深得我心！

所以，我可以害怕听到猫的惨叫，但并不会鄙视，七情六欲，猫比人来得直接，从不刻意隐晦。整个夜晚，充满了荷尔蒙的味道。情欲泛滥得让人恐怖，那是我第一次听到，也是第一次知道猫会以“惨叫”来表达自己受压抑的情欲。

世界从来就是这样“污秽”，你只需要一颗纯度很高的心。这其实不是很难，只是你从来都没有试着给自己的心提纯。

一只白猫撒着黑色的谎，其实，那只是它身体的春天来了。

我们的春天，还需要仰望一阵子才会抵达。

没有点奢侈又算什么生活

母亲经常和我们讲发生在她们那个时代的故事，她讲得头头是道，我听得津津有味。她讲的一个“老戏迷”的故事，尤其令我印象深刻。

母亲那时候还小，村里有一个从外地逃荒来的人，我们这里管这些人叫“跑盲流”的。他是外地户，自然没有他的土地，只好在村里的煤窑出苦力。每日几乎都是窝头就着咸菜，再加一碗汤，终日里不见细粮，更别说荤腥了。他爱抽烟，自己又买不起，只好弄些劣质旱烟卷着抽，赶上村里开个群众大会啥的，他总是最后一个离开，拿一把扫帚把男人女人们扔掉的烟蒂把扫到一起，然后挨个扒开，眯着眼睛，极贪婪地掏取里面所剩不多的烟丝，存储到自己的烟盒里。

这样一个人，荤腥沾不到，连烟都买不起，却迷恋上了看戏。平日里一分一毛地攒，攒够了一张票的钱，就屁颠屁颠地跑去县城里看场戏。

这可真称得上是地地道道的老戏迷了！

有好事的人纷纷猜测，有的说他看戏是假，“逛窑子”是真，把辛辛苦苦挣的血汗钱全都搭到“狐狸精”身上去了。还有人兴致勃勃地给他编了一首打油诗：“一个窝头一碗汤，十斤汗来十车砖；盲流有劲不觉累，出了砖窑逛花窑。”也有人说他看中了那个唱戏的花旦，几天不见一回就会魂不守舍。各种谣传不一而足，他并不反驳，只是一味地笑，嘴里不忘哼哼着刚刚学会的几句唱腔，完全一副陶醉的模样。

在村人看来，他是不务正业的，因为他不该享有那份“奢侈”，他就该守着他的砖窑，日复一日地劳作。有人奚落他，有那钱不如买上二斤肉，一壶酒，好好犒劳犒劳自己，何必呢？听那两段戏，能长二斤肉啊？

他不置可否，只是喃喃地说，隔几天听一回戏，心就不那么空了。

他打了一辈子光棍，因为没有人照顾，再加上年轻时严重透支了健康，刚过60岁就去世了。临终的时候，他把这些年攒下的很大一笔积蓄都给了老支书，说自己反正也无儿无女，让老支书用这钱为村里做点事，修修路，或者翻修一下村里的学校，也算让村人对他留个好念想。

出殡的那天，老支书请来了一个戏班，唱了整整小半天的戏。如果在天有灵，他定会对自己这奢侈的谢幕仪式感到十分满足的吧。

这是个令人心生敬意的人，他于贫瘠的时光里，主动给自己订购了一份奢侈，这件事本身的意义甚至高过他生命尾端的那个高尚之举。

白岩松说：当下时代，最大的奢侈品，不是香车别墅，也不是金钱地位，而是心灵的宁静。

奢侈不是富人的专利，穷人一样可以。没有人规定，清贫的人就该守着清贫，循规蹈矩过日子。也没有人规定，苦难中的人就必须千疮百孔，唉声叹气地活着。

美国电影《战争与爱情》中医生与护士有过一次对话。医生认为该给伤员截肢，护士却努力争取为伤员保住那条腿。“对他来说，失去腿，生命也不再有意义”“可你知道，若这次不截肢，失败了，第二次手术的费用会很昂贵”。不过医生最终还是妥协了，“冒这样的风险的确很奢侈”，他接着说“可没有点奢侈又算什么生活呢！”

有时候，生活需要一种奢侈，那是给疲惫的灵魂敬的一杯酒。

如今，每次回农村老家，都会为小广场上那些扭秧歌儿的人们感动。那些农人们累了一天，有的衣裳都没来得及换，就拿起扇子扭了起来。

秧歌是劳动者的翅膀。不论多劳累，也可以扇动出一份奢侈的激情来。

死水尚且有微澜，何况是有花有草、有风有雨的生活，岂可就这样白白地沉寂、默默地荒废了！

第三辑

两只苹果，拥挤着过河

我不该在这秋天的辽阔里落泪。忧伤会使人很快老去，而我又格外眷念青春。

我是一棵矛盾的草，行将枯萎却又不舍枯摇，我是这明媚秋天里的一点瑕疵。

皱纹是灵魂的梯子

经历岁月的刻痕，原来是一件这么美好的事。

——题记

每每傍晚时分，我和妻子倚在床头，经常不厌其烦做的一件事就是互相给对方捉白头发，那些白头发生命力极其旺盛，大有“野火烧不尽，春风吹又生”之势，看到白头发越生越多，不免感叹岁月的无情。一个早晨，妻子更是在镜子旁惊呼：“你看，我这眼角怎么一下子生了这么多皱纹啊，唉！”

那一声叹息似乎生生地将青春的尾巴割了去。真的是老了吧，马不停蹄地要跨入衰老的丛林了。

只是，老去了又何妨！

每个孩子都要成长，每个成人都要老去，这是亘古不变的规律。何须伤感！

相反，你要向你的皱纹致敬，那是岁月赐给你的勋章！

孙犁在他的一篇散文中写道：“如果老了，我就什么也不干，发发呆，因为没有年轻时的睿智和聪明了，所以，我什么也不写了。我怕留下垃圾文字，我不让人笑话，我要优雅地老去。”

这实在是一种难得的豁达，对生命时钟的敬畏。

没有人可以成为真正的不老传奇，老去有什么可怕，青春是礼物，衰老又何尝不是，那种瓜熟蒂落，叶落归根的归属感，不是年轻人能够体会得到的。而且，我始终认为，我们额头上的皱纹是上帝召唤我们去他的花园赴约时要走的阶梯。

是的，皱纹是灵魂的梯子，会引领我们奔赴上帝的花园，去领受那里的无上荣光。

塔莎·杜朵说：“对我而言，随着年岁增长，日子过得更充实，且懂得享受生活乐趣。现在就是最好的时光。”

“著名的生活艺术家”，有人这样评价塔莎·杜朵，除此之外，她还是著名插画作家、凯迪克大奖获得者、女王终身成就奖获得者。她一生著有 80 本以上的著作。和这些成就比起来，人们更津津乐道的是她整个晚年的生活姿态。

57 岁的时候，塔莎孤身来到佛蒙特州的一座山丘上，建造了一栋 18 世纪风格的乡间别墅，开始了一个人的田园生活。

她喜欢园艺，她的花园是一座充满童话色彩的花园，一簇簇的洋水仙、各色月季、三色堇、百合、罂粟、郁金香……房前屋后的一大片蜀葵，漫山遍野的各类香草，通往小路的洋地黄等等，开满苹果花的苹果树，高大的黄杨树，都将整个庄园点缀得无与伦比的美丽。她热爱耕作，但她不觉得辛苦，相反她认为这是一种很好的生活方式，因为她是一个懂得选择自己要过什么样生活的人，不管年纪多大，生活其实有无限可能，这是她告诉我们的道理，而她也一直这样言行一致地告诉周遭的人，她这样的生活很幸福。

她是个热衷于绘画的人，并且她的绘本在世界上享有很好的声誉，受到广大读者的喜欢，只看着她娴静地在门前的桌子上作画的样子，就有一种难以名状的满足感，不免令我们感叹，如果自己变老了也能如此这般该是件多美妙的事儿啊！

她擅长烹饪，用她亲手种植并收获的各种原材料制作各种可口美味的食品；喜欢缝制衣裳，自己缝制了玩偶，连玩偶的心脏、肚肺都精确地缝制在胸腔里，为它们做衣服，并且搭建了美丽的小屋和精致的生活用具，把它们当做生命来精心对待；喜欢编织花环，并时不时地戴在自己的头上，这种少女般的浪漫情怀，她保持了一辈子。

即使 90 岁高龄，塔莎仍照顾着她的庄园。登梯子摘苹果、挤山羊奶、栽花种草……动作敏捷，做事轻快，一点也看不出来是个 90 多岁的老人。身穿复古长裙的她，像公主一样美丽。

她说："我一向以度假般的态度过着我的人生。每天、每分、每秒，我都在享受着啊！"

2008 年 6 月 18 日，塔莎 · 杜朵在自己的庄园里，在儿女和朋友的陪伴下，戴着老花镜，穿着自己织的裙装，安详离去。

阅读她的故事，让我们深深懂得，原来劳动这么快乐，幸福这么简单，即使很老很老了，也可以这么优雅。

或许，在我们每一个人的心里，都有一所秘密的花园，香草果实，美满丰盛。或许，在我们每一个人的心里，都一直有这样的一位塔莎老奶奶，她超越国界、超越时间空间，她是创造的化身、她是对生活爱的化身、她是自由的化身，她代表了人们对生命、对生活的深层的渴望，她是大部分人在现实生活中未能实现却渴望成为的自己。

对于塔莎奶奶而言，从一月到十二月，每一天、每一个生活的细节都是那样美好。如果你愿意，你也可以像塔莎奶奶一样，在大雪覆盖了农庄的时候，披一袭艳红的连帽斗篷，轻盈地拾级而下，踏雪而行；你也可以像塔莎奶奶一样，在夏日的午后喝上一杯茶，坐在阳台上聆听各种鸟儿和小动物的叫声……

塔莎奶奶用自己的生活告诉你，幸福就是这样的简单和自然。

“不管你现在多大年纪，生活其实有无限可能！选择自己要过的生活，是人生最重要的事。别忘了与最亲爱的人，分享每一个可以更幸福的机会，让每个都会或即将步入老年的人，都能拥有最简单的心灵满足。你会发现，经历岁月的刻痕，原来是一件这么美好的事。”

所以啊，衰老并不是一件可怕的事，它只是一个可以让你变得更加优雅的舞台。此生或许有太多的不完美，或许有太多的遗憾，都轻轻地放下吧。我坚信，许多年后，在我枯萎谢幕的地方，一定会诞生一个漂亮的婴孩儿，小小的掌心里托着我此生无法圆满的念想，用他最纯最纯的泪水滋养，然后再度将它们推向前台。那是又一个轮回——这世界，我来了！

所以，当妻子在镜子前不免又发出韶华易逝的喟叹时，我对她说，“就算你有了皱纹，也定然会有优雅，在你的皱纹间跳舞。”

好听的话就是受用，妻子心花怒放，细看那眉眼处的皱纹，果真如同在跳舞一般。

既然受用，便索性将那好听的可以令人愉悦的话一讲到底吧：

“世人皆爱，花开正艳，唯我赏你，风卷残荷。”

一匹马的灵魂

那是一颗伤痕累累，但却干净、解脱了的灵魂。

那是用死亡换来自由的灵魂，那是用死亡卸掉枷锁的灵魂。

它在黑夜里向我奔来。

那个夜晚没有太多的光亮，我借着桌子上微弱的灯光，看到了这匹马。

它在文字里，又在文字之外，它的奔跑溅起了一室的书香。

这匹马一直在我的夜里游荡，有时跃向窗帘，有时攀上雪白的墙壁，有时在我的床上奔腾，有时在天花板上悠闲地散步。我从不怀疑自己触摸到了马的灵魂，它是柔软的，像可以裹缚石子的蚌那温暖的胸膛；它是包容的，像被风沙抽打却依然按时散出新绿，按时洒下落叶的树；它是友善的，你伸出的手，它会用整颗心去迎候，你递过去的诅咒、谩骂和抽打，它会连着草料一同咀嚼，慢慢地替自己化解仇恨。

没有更多的食物来咀嚼，它只好通过回忆来反刍。

这匹跑得最快的马，不仅抛弃了自己的同伴，而且失去了自己的身体。

是影子追着它还是它赶着影子？是宿命控制它还是它逃不开宿命？

那个夜晚，我听到了一匹马遍体鳞伤的嘶鸣。那本不属于它的马鞍、缰绳，硬生生地将它束缚。在刑具的空壳下，它过早地品尝着生命的衰弱。

它的倒下没有声响，只有长长的如释重负般的叹息。

那是托尔斯泰小说中的马，一匹花斑马，它曾经是骠骑兵的坐骑，它把自己最美好的年华奉献给了主人，可冷酷的主人却毫不珍惜。一次骠骑兵策马追赶他逃跑的情妇，使花斑马积劳成疾毁掉了健康，从此以后，花斑马被主人一次次转卖，每个新主人都对它变本加厉地折磨……花斑马走到了自己生命的尽头，“屠夫在它喉咙里弄着什么，它感到了痛，接着就有一股液体像泉水流到它的脖子和胸口，它最后吁了一口气，觉得整个生命的负担也减轻了……”

托尔斯泰的笔触到了花斑马的心灵世界，在它的身上，我们看到了人类中某些相似的形象。

通过托尔斯泰的眼睛和文字，我触摸到了马的灵魂。整个夜晚流淌着清澈的水，使我感觉到那灵魂的凉意。

一匹马，一束滚动的火焰。

月光照在马背上，那旷世忧郁的马，那空前沉默的马，将在今夜重新启程，我知道它将驮我去何方，尽管我已隐隐感觉到了自己的另外一种挣扎。

英国作家托马斯·哈代有一次到矿井，发现黑暗的井下竟喂养了一些专门运煤的马，按照这些马的个头，那上下矿井的罐笼是无论如何也装不下它们的，而所有的这些驮马，眼睛都是瞎的。经与矿工们交谈他才知道，原来这些驮马都是在出生后不久就被塞进罐笼运到井下，它们在永不见天日的矿井中饲养长大，它们无休无止地运煤，直到有一天倒下，然后，变成坑道角落累累白骨……

一匹马，在我没有睡眠的夜里，火一样燃烧起来；一匹马，在我没有睡眠的夜里，火一样熄灭。

还有那些失明的在黑暗中默默行走的马，那是一些注定要背负苦难的灵魂。

我再也无法歌唱，这像丝绸一样忧郁的夜，终于彻彻底底地封住了我的喉咙。

人，不小心就成了碎片

大概是朋友的死让这个下午风雪交加的吧。屋子被怀念和悲伤这两袭窗帘沉沉遮住。一个人的名字就这样在记忆的白纸上被黑色的绳索牢牢拴住，拴在一个黑暗的框子里。

朋友死于车祸，据说死时的惨状让人不忍目睹。

望着窗外纷飞的雪花， 我知道我的记忆里又多了几片忧郁的碎屑。那些碎屑一直在我的眼前飞着，渐渐飞出窗子，和雪花一起飘舞。

朋友的母亲走进来，怀里抱着刚满周岁的小孙女。

老人为我倒水，不小心杯子掉到了地上。

“人和这杯子一样，不小心就成了碎片。”我说。

“可是活着的人还要好好活着。”老人用慈爱的眼神爱抚着怀里的孩子，喃喃低语。

窗外的雪花无休无止地飘着。我翻开朋友的诗集，看到了一首诗：

爱人离去时遗弃的车票
被撕碎的结婚照片

半块镜子，三滴眼泪

我把所有疼痛的碎片都装进抽屉

我的抽屉就是一部完整的童话

小小的女儿

你什么时候读懂

就什么时候长大……

我看不下去，我的眼睛被泪水遮住。

其实每个人的生命中都有这样那样的一些碎片，或者晶莹，如夜空的星斑斓闪烁；或者如角落中的网，粘挂着一些不忍回眸的经历；或者璀璨，如断断续续的琴声，如无法接连的诗句……

不知为什么，忽然想到了“黛玉葬花”，想到了“破镜重圆”，想到了川端康成“临终的眼”，想到了叶赛宁的眼泪，想到了黄永玉的一本书，想到了一句话：“生活，就是不断地把打碎的碎片重新组合起来。”

朋友悄然无息地走了，但我记住了老人的喃喃低语。是啊，活着的人还要好好活着，还要怀念。想想一个人一生中的一天是多么简单，从打开窗帘那一刻起，就开始去组合各种各样的碎片，例如摔落到地上的惊叫的瓷器，例如纷飞在风中的无依的花瓣，例如被车轮碾碎的花骸，例如被谎言撕裂的情感。

朋友用一生收集了无数碎片，组合成最美的诗篇。我也会积攒无数碎片，去汇成一条路，笔直地通向我的明天。

朋友走了，留下更多的困苦给他幼小的女儿和年迈的母亲。望着老人佝偻的脊背，一种无法言喻的酸楚扎着我的心。

“把孩子交给我吧，我会让她幸福的。”看看花朵般的孩子在奶奶怀里睡着了，我对老人说。

“不用了，谢谢你。昨天我已经联系好了，准备带几个小孩子，明天家长们就把他们送过来，我和孩子的生活还不成问题。唉，挺挺吧，总会好的，我就不信这苦水能淹我一辈子。”

听老人说，她正在自学初中课本，她说如果供不起孩子读书，就由她来教。“无论如何，我要让孩子得到幸福。”老人信心十足地说。

我震颤了，为这个刚强的老人。

“我来做孩子一生的老师。”走出屋子，我用全部生命应下了这个沉沉的诺言。

母亲这把干柴

在外地工作的时候，母亲在给我的信中说：留给你的一树李子，熟透了，一个一个落到地上，最后一个都落了，你还没回来！

我仿佛看到母亲站在那棵李子树下，忧伤地捡起最后一个李子，内心该是怎样的落寞和荒芜！

我看到了那个佝偻着的身影，那把我赖以取暖的干柴。

终生的劳碌让母亲驼了背，这一点和外婆很像，外婆老的时候，腰弯得厉害，随时都有吻到脚背的可能，看上去，仿佛一个悲伤的句号。

如今，母亲也在通往“句号”的路上。母亲这一生，承受着多少失望，又扶着多少希望，倚在风雨飘摇的门框，望着我们回家的路啊！

我为何不能早一点迈进她的门槛？

小时候的深秋，母亲常常带着我去郊外割荒草回家做引火柴，那时候母亲的力气很大，腰也不驼，所以她的柴火总是很大的一捆，母亲扛在肩头一点也不吃力，甚至不妨碍和我玩耍。没想到，很多年后，能让我最确切地形容母亲的词汇，竟然就是这把干柴。

母亲扛着家的重担，也扛着一家人的暖，因为爱，那担子再重，她都不忍换一下肩膀。母亲低眉顺眼了一辈子，只为了，给家的灶膛里添一把柴火。

母亲，孤单的背影是我眼中的繁华。以此为枕，推开一个又一个清晨。任我怎样在梦里奔腾，也走不过她目光里的哀凉。

没有玩具，母亲给我们做。缝沙包，扎毽子，用硬一点的纸画扑克，我们的童年其乐融融。贫穷让我们消瘦，却并未让我们晦暗，为了在风中唤醒一盏灯笼，母亲耗尽了整整一生的火柴。

母亲骨子里是个浪漫的人，但凡父亲单位里发了电影票，不管刮风下雨还是北风呼号，都会领着我去看，我记不住片子的内容，记住了母亲的怀抱，那种温暖让人贪恋，往往电影还没看完，我就睡着了。回去的路上，母亲叫不醒我，只好背着我，怕我感冒，就用她的外套蒙着我的头，自己穿着单薄的衬衫闯进风里，扣子开了，也来不及去系，像一本被打开的经书，让我念诵不已。

我贪玩，黑天了也没回家，母亲出来寻找，一遍一遍唤着我的名字。很远我就能听见，手提灯笼的母亲，是离我身体最近的一片海。

母亲这把干柴，越来越轻了。我们和岁月，都是榨汁机，压榨得母亲，再也滴不出一滴汁液来。

母亲老了，生病的时候，我抱着她上手术台，母亲很轻，骨头仿佛都变成空心的，一点分量都没有。让我想起在生活的最低谷，母亲掉着眼泪说："如果谁肯把我买了去，我倒也乐意，给你们换几顿饱饭！"

可是母亲这把干柴，卖不上好价钱，又轻又瘦的一捆，谁都不肯瞧上一眼。

有一次回家小住，我执意睡在母亲身边，像小时候那样，依偎着她。孩子好奇地问："爸爸，你这么大了，为啥还让奶奶抱啊？"我说："爸爸虽然长大了，可是在你奶奶眼里，爸爸永远是个孩子。"

母亲可以变得越来越小，但是她的怀抱，却永远辽阔。

那一夜，我在和母亲有关的梦里取暖，习惯性失眠的母亲，她的梦，又在哪个角落里漂移呢？

梦里的母亲步履蹒跚，可不知为何，我怎么追也追不上她！

两只苹果，拥挤着过河

阳光直溜溜的，风也不打弯，鸟儿在天空的宣纸上练字，苹果都不忍再待在树上。

两只苹果，一只健康饱满，一只病虫缠身，它们走过公路，迈过斑马线，拥挤着过河。

树木真是太幸运了，四季一轮回，它们就可以完完全全地从头再来一遍。如果上辈子说了不该说的浑话，让哪只鸟儿哀泣着飞走，这辈子，它又可以在自己枝繁叶茂的时候，与那只鸟儿重修旧好。

我不怕得罪一棵树。我怕，得罪一个人。

我们总是习惯把毛毛虫作为锻炼孩子勇气的极佳教材，会当着他们的面把它踩得稀巴烂，“看吧，虫子一点儿都不可怕！”

讽刺的是，我们又经常用蝴蝶作为培育孩子行善之心的重要道具，“不要去伤害它们，你看它们多美啊，像花朵一样！”

殊不知，它们是同一种东西的两面啊。看吧，我们是多么习惯“以貌取人”。

世界是两面的，如同人的两面——你只看到那双锃亮的皮鞋，不见得会看到同样锃亮的脚后跟。

心怀叵测的人，就像夜里那一排排的路灯中间坏掉的那几个。有那么多路灯照亮你的夜路，何必去在乎坏掉的那几盏。它影响不了你的走向，无法减慢你的步伐。

它的黑暗也不能影响其他路灯的光明。路上的人们，不会因为一盏坏掉的路灯而放弃行走。

小人就是那坏掉的路灯，每个人一生中总会路过几盏。

加缪说："重要的不是治愈，而是带着病痛活下去。"

去吧，去诗人那里，领几行诗句，给你高烧不退的灵魂降降温。

一朵慵懒的云，从一张美好的床上开始升腾。窗子还没打开，少女的梦就已经飘到了半空。

而我偏偏要不合时宜地写到雾霾，让那些美好大打折扣。

我不该在这秋天的辽阔里落泪。忧伤会使人很快老去，而我又格外眷念青春。

我是一棵矛盾的草，行将枯萎却又不舍招摇，我是这明媚秋天里的一点瑕疵。

有人问"希腊七贤"之一的阿那哈斯："你说，什么样的船只最安全？"阿那哈斯回答："那些离开了大海的船只。""哦，我明白了，离开了道路的车辆，离开了战场的士兵，也都同样安全。""是的，但有多少人愿意这样做呢？"

就像你不能因为害怕尘世的苦难而拒绝出生。

要进入生活，而不仅仅是观望。不管那里是否生灵涂炭，水深火热。

有什么事不可以让它从我生命中碾过？

我唯一的圣旨是今天的命运，唯一的责任是拿生命去承担这一切。

降生时，我手中无剑，拿什么对这疯狂的苦难披荆斩棘？

而我活着，从未低下头颅。

从哲学的意义上来说，一个人是否活着不重要，重要的是，他是否存在。

活着和存在，是不同的概念。行尸走肉般活着，如同死去。顶天立地样活着，才可称之为存在。

那些几乎压垮过每个人的阴影和煎熬，又曾将我们带到过怎样的深度和自我里去体验人生。在错综复杂焦头烂额的处境下，我们认识了多少错误，懂得了多少珍惜。我们在倒下的刹那，眼角涌出的不仅是恨，还有更强烈的爱的热泪。

我们跌倒在生命的最低谷，认识了幽暗处的自我，究竟缺失了哪些品格；我们爬到自己的心尖上，我们发现，原来心有多高，危险系数就有多高。

荡气回肠的爱恋，上下求索的理想，流离失所的哭泣，疲于奔命的隐忍……在命运的重压之下，生命亦可怒放出最极致的花。

说了一大堆鼓舞别人的话，而此刻，我却想偷走我所有的鞋子，那样就不用再辛苦地奔跑了。

生命的弦，不必永远绷得那么紧。

美与丑是两只苹果，评判的标准来自那条蛀虫。

善与恶是两个摇篮，晃动着初醒的世界。

开垦内心的荒凉

人需要有一种精神的支撑，一旦失去这种精神，就没有了活力，这就是僵硬！

很多人每天变着花样儿地玩乐，不停地聚会，不停地喝酒、蹦迪，貌似丰富多彩的生活其实空虚得如一张白纸，静下来的时候，寂寞无聊常常惊出他们一身冷汗。然后继续疯狂地及时行乐，妄图以此覆盖那些空虚。和一些相似的妖精纵情欢舞，听不见亲人的召唤。歌舞升平，灯红酒绿，使一颗心渐渐僵硬。

心若是僵硬了，就长不出草，也开不出花了。所以要给僵硬的心松松土！

曾经有读者问过我，何以能十年如一日地坚持写作。我想，这绝不仅仅是一个“爱好”或者为了赚稿费可以表达的。每天和生物钟玩儿叛逆，熬夜写文章，更多的，是不想让自己的内心僵硬和荒凉。

相较于我把写作当事业，另一些人随意得很，如同纯真的爱情信仰者，将一些唯美真挚的句子，端端正正摘抄在自己的博客或者日记本里，留一段温存的记忆于岁月的年轮里。

我的一个女同事便是此中典范。别人打麻将或者逛夜店的时间，她都用来写博客了。她说她从小就有记日记的习惯，好几箱子日记，她都不舍得扔。那些陈年往事被她定格在日记本上，如同握住了岁月的核。有了电脑之后，她就改写博客，性质还是一样的。美好的文字有音乐的质感，在袅袅咖啡香里咿咿呀呀地唱将开来。其实她写的文字还称不上文章，都是每日里经历的一些事或者想到的一些话。她也从没奢望过自己写的文会发表出来，但她乐此不疲。她说，只是不想让心灵空着，荒芜着。

这样的女人心，定是土质肥沃，能长出好庄稼来的。事实也确实如此，她有一个事业有成的老公，而且十分疼爱她，对她百般呵护，而她亦顺水推舟，做一个小鸟依人的幸福的小女人。

三姨也是个质地柔软的人，命运却很少眷顾她。她并无太多怨怼，以柔克刚，用她的优雅应对着贫困的生活。

三姨去世的时候，我把她喜欢的那几本杂志烧给了她，我想，就算到了天堂，她也一定会做个喜欢读书的女人吧。

三姨家在农村。她喜欢看书，也喜欢偶尔写一点东西。有一次来市区，买了两本《人民文学》回去，像宝贝一样地珍爱着。

从地里干活回来，还要张罗给一家人做饭，吃完饭，收拾完碗筷之后，她会仔细地洗净双手，然后捧起她的书，在昏黄的灯光下，认真地读。如同贫民窟的孩子，捧着一大块儿蛋糕一样，读得津津有味。

她这种姿态，在农村是有些不合时宜的。村里的女人们自然而然地就觉得她有些另类，她们认为农村的女人就该是婆婆妈妈，东家长李家短的，为一点鸡毛蒜皮的事情闹得鸡飞狗跳。她倒不是瞧不起那样的女人，只是觉得，自己应该比她们稍稍优雅一些。

稍稍优雅一些就够了，可以让她的心灵不至于被更多的苦涩僵化。

姨夫不理解她，嫌她对她的书比对他热心，喝多酒的时候就会很生气地把她的书扔掉，唯有这个时候她才会丢掉淑女形象，和他不依不饶起来。他便怕了，从此不敢再糟蹋她的书。

三姨对书的热爱有些极端，一本杂志翻来覆去地看几遍之后，还是爱不释手。里面的文章她甚至都能背下来了，她也不舍得扔掉。书里的插页是一幅油画，她剪下来，用一个相框裱了起来，挂到墙上。用三姨的话说，她这样生活，只是想让自己荒凉的心里多一点点色彩。

三姨最后终于还是没能摆脱“僵硬”的命运，她得了脑梗，不过心灵却始终是柔软的，贫穷和琐碎并没有使她的心荒芜。

她一生都未停止对梦想的追逐，她辛辛苦苦地攒着钱，梦想着去一次令她魂牵梦萦的西双版纳。就像一根想去天堂的火柴，火柴盒的潮湿，是它的劫难。也许不能到达天堂，但永远没有断了去天堂的念想。

每个人的心，都不是天然的绿洲，总会有荒漠，总会有僵土，需要你每天抽出一点时间来，在心上放点鸟声、放点诗意、放点绿色、放点芬芳。

放一条蚯蚓，去犁灵魂的不毛之地，去开垦内心的荒凉。

心不僵硬，才有可能在春天种下一些美好。比如诗篇，比如月光，比如一坛芳醴；

心田柔软，才有可能在秋天收到一些恩赐。比如纯净，比如善良，比如半世痴爱。

时针上的火焰，分针上的海水

你说会将一生的爱浓缩成十年，给我自己。然后，给我自由和回忆。

我在这个漆黑的夜里仓促起身，似乎是急着去接住天使们在这个夜里散落的祝福和恩赐。如同梦的延伸，我以另外的方式，远离了尘世。

那个小钟分秒不差地走着，像我们步调一致的爱情。它见证了我们风风雨雨的十年，它的形状是一个童话般的小木屋，粉色，很温暖的色彩，它是我们爱情的心脏。

我在夜里醒来，因为看到了时针上舞蹈的火焰，听到了分针上奔腾的海水。只想告诉你，十年，是可以让脸孔生出皱纹也可以让心灵涤荡如新的一段时光；十年，是可以让誓言原形毕露为谎言也可以让谎言洗心革面为誓言的一场革命；十年，可以装完一扇门，却不一定筑好牢固的屋檐；十年，可以让爱销声匿迹，也可以让爱在烈火中完成一只凤凰的涅槃。

十年的似水年华，想和你摩擦出火光，像星星、月亮和萤火虫积攒的灯笼，像冬天的炉火和亲人的烟袋锅里闪烁着的杜鹃花，像孩子们在最深的夜里释放的烟花和他们璀璨斑斓的梦想。

十年的滔滔时光，想和你在黎明铺展梦想的金色地毯；想和你在黄昏织出一场雪，埋葬过往的忧伤；想和你一起，把夜里的鸟鸣无一遗漏地镶嵌到微凉的梦里。

十年的缓缓岁月，想和你创作出一本书，有诗歌，激情但错落有致；有散文，淡泊却不失凝重；有小说，平和却余音袅袅。

巨大的窗帘把夜隔开，我可以用一个60瓦的灯泡制造一个白天，我的很多工作要在这个白昼完成。十年了，我第一次想到，要为你，为我们的爱情记录下一个个瞬间，我要用我的笔，叼着记忆不放，并擒住梦想的河流，义无反顾地为我们的爱情咯出带着墨香的花朵。

这是一个思念的晚上、奋不顾身的晚上，春天仿佛一下子就来了，像我们突然在一瞬间长大，又在一瞬间衰老。太阳说，生活是每天从东往西划一道弧，发光是它唯一的快乐。门说，生活是反复地被打开又被关上，与主人握手是它最感温馨的事情。酒杯说，生活是每天在嘴唇与桌面之间晃悠，倾斜是它认为比站立更崇高的姿势。我说，生活像祖先留下来的一件瓷器，越磨越亮，亮到可以照见真实的我。

属于我的时光已消逝去一大半，而我没有任何财富，唯余这段爱情的花香，希望它在婚姻的窗子里自由出入。其实不管男人还是女人，在繁琐的婚姻生活里可以变成顽石也可以变成珍珠，就看你如何调配20岁时的激情、30岁时的矛盾和挣扎、40岁时的了然和接受，将它们烹制成可口的婚姻晚宴。

一个人年轻的时候靠希望活着，老的时候靠回忆活着。不管怎么样，你曾经是我的希望，也终将成为我的回忆，成为我老的时候往炉子里扔的一根柴火，让我的余生充满暖意。

想你的那天夜里，我看到了电影《暖》。知道每个人都有追求幸福的权利，那个瘸了一条腿却仍然美丽的女人也不例外。在不停地挣扎、反抗、不甘心地一次次失望后，在一次次善与恶、美与丑的交战后，身体和头脑终于完全陷入世俗的泥沼。在我们眼前展现的是，那个曾经热望幸福的女人，再提到那些斑驳的过往已无动于衷。

我们总是为悲剧落泪，在泪水跟前寒冷，在悲剧面前不停地打着冷战。我们总是同情那些私奔的恋人，同情世间各种各样的外遇。可是当那些故事发生在我们自己身上的时候，多少人选择了隐匿和逃避，又能有几个人站在那里，安然接受上天所赐的精彩？

每个人的生活轨道都像一张网，有的人织得紧密，收获颇多，有些人织得疏落，游戏人生，一无所获。

旧日时光，还能回去吗？死去了就无法仰望，消逝了就无法回眸，梦也有走累的时候，我们小心翼翼地经营着生活，生怕任何一次失手，打碎如玻璃般明亮的年华，像善良而可怜的外婆，仔细经营着那些出嫁时携带的嫁妆。

那个思念你的夜里，时针上跳跃着火焰，分针上奔腾着海水，还有一个秒针，它就是在我们之间不停走动的思念。

黄昏是生命的琥珀

黄昏之美，在于它的迟暮，在于它不可更替的忧伤。

我用胸膛爱你，我用我的额头贴紧你，那是我的精华所在，我所有的才华都凝聚于此，我只想把我能想到的最美妙的文字，都献给你，黄昏。

黄昏，你是沉淀下来的酒，让万物的脸庞红润，醉眼迷离。

蚂蚁顶着一颗饭粒儿，在暮色里赶往自己的巢穴，这个标点一样的背影，令我心生感动。那或许是一位父亲，满载着儿女的期望，匍匐而行。

如果可以，我宁愿去做一只，在清晨顶着露水，四处觅食的蚂蚁，也不去沾惹，这令人忧愁的暮色。那里面含了太多的红酒，我怕醉得一塌糊涂，错过明天早上，与第一缕朝阳的约会。

而此刻，我和我所剩无几的青春，都被困在黄昏的琥珀里。

黄昏里，我从一个老人手里买了新鲜的椰子，迫不及待地插入吸管。我没有见过大海，但此刻，我吮吸到了它。

黄昏里，对弈的长者时而运筹帷幄，时而征战杀伐，棋盘很小，棋局很大。

小饭馆的黄昏酒气熏天，一个炒三丝儿，半斤烧刀子，两碗大米饭，一个男人轻而易举就把这一天卖出去的力气给赎了回来。

老板娘略有姿色，在黄昏里呷了一口酒，霞光漫到脸上，越发楚楚。她热情好客，男人们流连忘返，一边喝着酒，一边逗着乐子，真是美事一桩。男人若是一斤的酒量，和老板娘搭上一句话，定会再多喝个二两。

门口的小酒幌油渍渍的，在黄昏的风里左右摇摆，像喝得闪了脚的男人们。

养老院的黄昏余温尚在。靠着墙根静坐的老人，微闭双眸，在回忆里摸爬滚打，老人的一生波涛汹涌，最后蜷缩在黄昏里，平静得像一个标点。

他枯萎着，像熟透了的软塌塌的蘑菇。

孩子打来电话，询问养老院的卫生和伙食，老人一共说了七次“蛮好的”，躲在墙后边偷听的院长带着一丝满意的神情转身走开。

儿女们还在奔忙，世界还在旋转，唯独这里的黄昏，静如处子。

他喜欢静，转一下身都不情愿。黄昏里的最后一点光，絮进了他百褶丛生的皮囊。

生活的黄昏，沉淀着沧桑之美。你舍得花多少力气，就搬得动多少璀璨之石。那珍藏在生活内部的璀璨之石，从不肯轻易把耀眼夺目的一面亮给你，你看到的经常是它的背面，就像这黄昏的琥珀。

遥远的乡下，木匠把房屋搭建在水边，他说要让婆娘坐在屋子里就能看到水里的晚霞；铁匠在打制锄头，这世上没有被耕种的土地并不多，所以，他并不急切，他缓慢地生火，缓慢地分拣碎铁。

一排排炊烟升起，女人们扎上碎花围裙，为辛劳的男人准备晚餐。

牧羊人的狗跑得飞快，许是主人允诺了它，晚上要多给它几根骨头吧。

孩子们背着书包，溜着墙根往家走，不知是贪恋那上面留存的白日的体温，还是喜欢那墙上慢慢游走的影子。

人生，说简单就简单，一个日子追着一个日子，哗啦啦地过。说复杂也复杂，一个日子一团麻，这团未理顺，后一团又堆上了。

黄昏的光线柔和，具备油画的质感。在这样的黄昏里，你会发现，你心里有个小熨斗，什么样的褶子都平平展展了，在你心里最柔软的地方，变得更柔软。

我在黄昏，我无所畏惧。

即便到了生命的黄昏，又有何妨！生命是一场场约会，最后与死亡的约定，又何尝不是最绚烂的落幕？

一块一块的霞光，为这个黄昏打着慰藉的补丁。天气预报说，从夜里开始，有零星小雨，预计将会持续一周左右。如此，我还怎肯舍弃这璀璨的暮色，尽管它如此令人忧愁。

一座钟摆停下来

很久没有人从我窗前经过了，是的，很久。我不知道外面发生了什么，是不是因为自来水管道又坏掉或者其他什么原因封了道。总之，很久没有人从我窗前经过。成群结队的孩子，没了踪影，爱美的女子，也不再对着窗玻璃检点妆容。我在窗前独坐，像一具泥塑的玩偶，略带沉思的姿态。世界忽然静下来，尘灰也变得老实了，落在窗台上。蚂蚁爬过，留下奋斗的足迹。蚂蚁是唯一在动的光阴，它扯下一小朵阳光，涂到我的指尖上。它用有点发烫的触须告诉我，我尚在尘世。

我尚在尘世，但我没必要非得动起来，此刻，我就想半躺在藤椅里，盯着窗外看，静享一小口一小口吹过的风。

茶是隔夜的茶，香气早已飘散，茶具的精致，却抵不过茶垢的侵蚀，就像有些人，总是被回忆拖垮。比如很远的一个墙角处，一个枯萎的老人，被人遗忘，又被太阳唤醒。

很久没有人从我窗前经过，不是外面的人停止了走动，而是我自己，摁灭了欲念。就像一座时钟锈迹斑斑，时针和分针都停下来，偶尔会痉挛性地动一下胳膊，没有人愿意再给它上紧发条。

一个朋友的离世，让我在这个下午一动不动，我想让时间停止，可是我没有那种力量。昨天他还在，还与我斗嘴、品茶，一夜过后，他就给自己寻了仙鹤当坐骑。他走得逍遥，不痛不痒不牵强，活着的人却是揪了心，窗外的树叶齐刷刷地往下掉。

叶子落下一片，人间的白发就会多长一根。

他和肿瘤君斗了三年，终于还是败下阵来。世间不会因为少了一个人而有所改变，雨还是照样落在好人和坏人的头上，阳光也还是照样会落在好人和坏人的头上。

日本作家吉田兼好在一篇文章里写道："今日本想做某事，忽又有另外的急事，于是此日即在忙乱中度过。等候的人有事来不了，没有约好的人却来了；有把握的事不能如愿，本不期望的事却意外顺利；麻烦的事情能够圆满解决，简单的事却留有后患。每日都有这种结果与期望不符的事发生，一年如此，一生也如此。"

道尽了世事无常！然而，这就是生活！

蒙田说，每天都走向死亡，最后一天走到了。

他说一个人要上绞架了，忽然感到口渴，向刽子手要水喝。刽子手先喝了递给他。他就拒绝喝了，因为他觉得刽子手不干净，也许会把梅毒传给他。

另外一位更荒诞了，那是说一个庇卡底人，他已上了绞刑架，有人带来一个少妇，他若娶她，就可以赦免不死。他对她细看了一会儿，发现她走路跛脚，就说："套绳子吧，套绳子吧，她是个瘸子！"

一直很害怕死亡，认为那是一种难耐的黑暗。可是读完蒙田，心豁然了，死亡在他的笔下变得平常了，如同树木落叶，太阳下山一样的平常。

一个人不管走多远，最终都会停下来。此刻，我便停了下来，所以，很久看不到有人从我窗前经过。

灵魂的纵容也好，死亡的预演也罢，我只想停一会儿。

叶子依然在落，每落下一片，人间的白发就会多长一根。

我不再往前，尽管时间迅疾如飞。

人生在世，为了什么？

读书，上班，结婚，养孩子，老去……仅仅如此吗？也许仅仅如此。

生命看起来很顽强，但同时也很脆弱，该冒险的时候冒险，该静修的时候静修，珍惜好每一天从手中滑去的光阴。给自己的人生找一个意义，就算它仅仅是父母人生的延续，你也应该为它去努力。

大地上布满脚印和坟墓，印证着你的奔跑和长眠。我听得到，奔跑时的喘息，也听得到，长眠后的鼾语。

大地如此静美，万物立地成佛。

誓言是一闪而过的电

誓言和谎言，一衣带水。是不远的亲，是相近的邻，隔着一扇门、一堵墙，或者仅仅是一层窗户纸。

誓言是不疾不徐的散步，谎言是心急火燎的奔跑。誓言若是迷了路，就成了谎言；誓言若是撞了墙，也就成了谎言。

誓言是把他人置心底，谎言是把自己放心尖。誓言是一块净土，若是长了私利的草，就成了谎言；誓言是一方灵石，若是生了欲念之翅，也就成了谎言。

走入婚姻殿堂的人大多海誓山盟过，但是感天动地的结婚誓言并未有效制止离婚率的不断攀升，让人对他们当初爱的宣言心生怀疑。更可笑的是，有人再婚的时候，依然要把同样的誓言重复一遍。

大多数誓言都是在大脑短路的状态下产生的，那一瞬间冲动的火光，没燎到头发，却烧焦了心。这誓言，就仿佛是为那一刻的欢娱盖了一个印章，证明爱，曾经来过，除此，别无他用。

在对待结婚誓词上，我倒是十分赞同一些敢于篡改传统誓词的“革新派”，比如，大嘴美女朱丽娅·罗伯茨给她的第二任丈夫的结婚誓词是："爱、支持但是不会顺从"；桑德拉·布洛克嫁给一名赛车手时，宣读的誓词是"我们的发动机能不停转，我就能一直爱你"。现在，西方民间十分流行的誓词包括："我们的爱能走多久，我就有多忠诚""我能爱你直到我们分手""我愿意直到我不愿意为止"等等。有些誓词虽不那么冠冕堂皇，却表达了那些新人们最真挚的情感。或许这是爱情或婚姻在日益崇尚实用主义的社会环境下的一种必然。爱你，但不能保证永远爱你；结婚了，却并不说明婚姻可以永远美丽。世事无常，时过境迁，谁又能确保爱情永恒？有人说，爱情的存活期只有 18 个月。从这个角度讲，"改版"后的结婚誓言倒是说出了不少人内心世界的真实想法，多了一份理性，反而更容易让人接受，或许这就是它得以流传的原因吧。

"山无陵，江水为竭，冬雷震震，夏雨雪，天地合，乃敢与君绝""生死契阔，与子成说，执子之手，与子偕老""不求同年同月同日生，但求同年同月同日死""在天愿作比翼鸟，在地愿为连理枝""生是夫家人，死为夫家鬼""嫁鸡随鸡，嫁狗随狗"……这是中国人的爱情誓词，从古至今代代流传。与其说这是誓词，不如说是爱情的契约，更像是爱的枷锁，爱得沉重，爱得压抑，爱得循规蹈矩，爱得上纲上线，让一代又一代的有情人不堪重负。

曾经在一些旅游景点的"爱情树"上，看到情侣们乐此不疲地刻着爱情誓言，真不知道他们这是要让爱情延续还是要把爱情弄死。

誓言总是轻易说得出口，能够践行到终了的却是少之又少。人世间，有至死履行誓言的巨人，更多的却是半途而废的侏儒。

信誓旦旦，实则假意猩猩，那是誓言摔了跟头；指天誓日，却又背叛初衷，那是誓言掉了悬崖。

誓言的免疫力不高，所以时时感冒；誓言的能见度很低，所以常常追尾。

誓言，是一些人的救命稻草；誓言，是一些人的华丽面具。誓言是稍纵即逝的萤；誓言是一闪而过的电。

誓言，是顽皮的五六龄童，呵护不紧，一不留神，就偷偷溜到谎言那儿去了。

向一些灵魂道歉

那天，在街上看到了一幕猴戏：刚开始的时候，猴子是循规蹈矩的，能够按照主人的意图做各种动作，比如往篮框里投球、空中接物、骑自行车等等，可是猴子也有不听话的时候，主人就拿起鞭子狠狠地抽打它们，产生的效果却适得其反，猴子不但不听主人的命令，反而纷纷反抗起来。有的拿起砖头，有的去抢主人手里的鞭子，看到这样热闹的场面，观众们竟然鼓起掌来。耍猴子的人看到这样的“表演”更能让观众高兴，干脆就把猴子们都惹急了，他把鞭子甩得“啪啪”直响，打得猴子身上伤痕累累。主人打得越狠，猴子们越急，与主人的斗争就越“精彩”。

猴子们被打得遍体鳞伤，其中一个跑过来轻轻抚着另一个，这时候，我身边的女儿突然令我佩服地大声对那个人喊道：不准打猴子！耍猴子的人受了一惊，停下手中的鞭子。这时候，围观的群众也开始纷纷埋怨起他的所作所为了。

第一次看他领着猴子表演的时候，女儿把自己的零花钱都给了他，那是因为她觉得猴子可爱，这一次，她没再给他钱，而是用这些钱买了一串香蕉，扔给了那些受伤的猴子。猴子们看到香蕉，顿时消解了对人的怨恨，恢复了可爱的神情。

结果，耍猴子的人这一次一分钱也没得到，围观的人都学女儿那样，买了香蕉，让猴子们痛痛快快地吃个够。耍猴子的人蜷缩在地中央，垂头丧气，不知该如何是好。

其实，他现在该做的，就是真诚地向猴子道歉。

小时候，家里养过一只狗，叫老黑。它非常听我的话，每天放学回来，都会大老远地迎接我。可是有一天，不清楚什么原因，它突然“疯”了，满巷子乱跑乱窜。父亲担心它伤到别人，就决心杀掉它。当父亲气喘吁吁地把“老黑”摁倒，叫我用镐头快点“解决”它的时候，我迟疑着、恐惧着。父亲急了，大声吼骂。最后，我高高举起的镐头砸向了它的头颅，奄奄一息的“老黑”瘫倒在地上，目不转睛地看着我。我把“老黑”埋到了河边，可是第二天早上，那里只剩下一个深坑，蓄满一个少年的忏悔。一整天，我坐在院子里一动不动，从邻家飘过来的狗肉的味道四散开来，无边无际地萦绕……

在“老黑”死去的那一刻，我看见了它眼角的泪，混浊，混合着血腥的味道流了出来。

我想道歉，却已无法挽回一个冤屈的生命。

1899 年的一天，尼采离开他在杜林的旅馆，步上街道，看见一个车夫正在鞭打一匹马。尼采跑上前去，当着车夫的面，抱住马头放声大哭。当伟大哲学家的泪水洇湿马脸时，我们无法窥探那匹马的心灵。米兰·昆德拉却在自己的书中窥探了尼采的心灵，他说，尼采这一动作的广阔内涵是，他正努力替车夫向这匹马道歉。

尼采眼中的马是有尊严的，有着和人类一样高贵的心灵。

向一些灵魂道歉，就是在挽救我们自己。

听一声虞美人的轻叹

“虞美人是什么？”

“是一种像纸一样薄的花儿，一枝茎上生出一朵花来，稍稍低头，色彩极为艳丽，风一吹，会变成蝴蝶的那一种。”

这种花，就像那些柔弱的女子，总有一颗刚强的心。它们不能容忍自己的清白被玷污，不能容忍自己的爱情被抛来抛去。像纸片一样薄的花儿，如果决绝起来，会凛冽成锋利的刀片，割断那些美好的过往。

那细细的茎，柔弱至极，那花瓣展开着，异常单薄却婀娜多姿，就像古代那弱不禁风的美人穿着美丽轻盈的丝绸，轻移莲步缓缓走来。也许这花儿真的是虞姬的鲜血幻化而成，所以在古代寓意着生离死别和悲歌。它的花语也那么特别：白色，代表安慰；红色，代表顺从。

“你听，它在轻轻地叹息。”

我附耳过去，听到了一世红颜那散落一地的千古柔肠。

是虞姬的血染红了它们吧，我第一次感受到，红色也可以那么清冷。

虞美人生来就与悲剧相连。生来就被诗人想起它，就要拿出几分悲来，才能写出它的凄凉。当年虞姬别了西楚霸王，自刎后，她流血的地方开出来的花，从此就被叫作了虞美人。只因它曾经被一美人借用了去，做了一下自己魂魄转世。从此，人们就再也难忘。

霸王别了虞姬后，辗转几百年，轮到李煜别美人，结局还是一样。一样的留下一个《虞美人》绝唱。

那是我在一本很小的书里，读到的一段关于李煜的故事：

亡国以后，李煜寄人篱下苟延残喘，直到有一天，他的妻子女英被宋太宗赵光义强奸了。

妻子被召进宫时，他是有预感的，所以把自己灌得烂醉。女英带着一颗破碎的心从宫里回来——

他醒了，看了已经破碎的妻子一眼，无言，但慢慢地伸出双手，将妻子拦腰抱住。他的头颅偎依在妻子的胸前，他低唤着："女英，女英……"

"嗯……"她幽声应着，"女英，你的破碎的妻子。"

"女英，不要如此说，女英，我们……"他艰难地接下去，"我们都已破碎……"

那是我读过的，最凄凉哀怨的破碎的心。深秋的落叶从窗外飘进来，准确无误地落在我的桌面上，我仔细地端详它，像观望自己在那一刻战栗着的心脏。

我合上书页，用一瓣风干的虞美人做了那本书的书签。

虞美人，一生都在寻觅着最洁净的河流，寻觅着最美丽的坟。

虞美人，很少有花能开得像它那样，艳丽而妖娆。当然了，它和罂粟是同科，曾经有不少同伴，被人误会是罂粟而惨遭毁灭。

不知道该说是人类的无知，还是怪它们太过妖娆。那么薄的花儿，风再大，却也吹不散它。可以令它破碎的，不是迅疾的风，而是百转千回的谎言和深深的误解。

远远地看去，它有着触目惊心的美。从来没有见过一种花艳丽如此却又给人娇柔可怜的感觉，它薄薄的花瓣，润滑如丝，每当我小心翼翼地拈下花瓣夹在书里，总会一不留神就弄破了它。

在我的印象中，过于明艳的美人似乎总会缺少楚楚可怜的韵致，反之，瘦怯凝寒、弱不胜衣的少女则应该是清秀而非艳丽。然而虞美人却不，它偏偏是艳色夺人又婉转纤弱，让人又怜又爱。特别是雨中的花朵，带着晶莹的雨水，仿佛饱含无限的委屈伤心，我常常撑着伞看着雨水顺着娇艳的花瓣滑下，心中泛着酸楚。

虞美人，勇士们眼中不可替换的爱人。

有这样一副对联：

使君子花，朝白、午红、暮紫；

虞美人草，春青、夏绿、秋黄。

使君子花里，说的是它一天的颜色，而虞美人草里，说的是它一年的颜色。君子的心一天就变，而美人的身，一年就老。

芳华易老，红颜薄命，这是不是虞美人的另一声叹息，另一种哀愁呢?

屋　顶

我来自人间，我是一团善良的骨肉，我手持艾蒿，我爬上屋顶。我把浩然之气做成一支簪子，插在家的发髻上。

屋顶，是我最好的安放月光的地方。思念的月光，总是很滑，顺着你的脊背，一不留神就溜进心里去。

我循环反复地播放一首思乡曲，今夜，我的屋顶，定是月光皑皑。

我没有其他浪漫的法子，只能带着心爱的人，爬上屋顶。我的美好都是假设的，把月光裁剪，为她做一件婚纱；把星星打捞，为她串一条项链，这些虚设的美好，竟然也会让她流出泪水。

她说，她爱这屋顶。

而我们似乎抢占了猫的地盘。屋顶上，总会碰见避之不及的猫的爱情，众多的爱情里，猫的爱情是我讨厌的一种。我觉得它们的爱情过于鬼祟，像偷情，不敢大白于天下。

屋顶的那些草，就好像猫的高高翘起的尾巴，在风里胡乱招摇。

父亲打来电话说，屋顶上的瓦碎了一块，他正准备爬上屋顶，把那块碎瓦换掉，不然下雨天屋子该漏雨了。

众多的肇事者中间，我想到了猫，一定是它们过于放纵的情爱，让屋顶的那块瓦不得善终。

我担心他的安危，毕竟七十多岁的人了。我让他挺过这两天，过几天我请假回去弄。他说他听了天气预报，这两天有雨，漏雨的屋子可要不得，弄不好就哗啦啦地把好日子都给漏掉了。

父亲有听天气预报的习惯，喜欢对每天的天气了如指掌，我不明白他为何要如此执着，他说一个人，难道不应该关心天气吗？天气就是老天的脾气啊，咱得随时留意着，不然他哪天发了脾气，你们都还蒙在鼓里呢！

对自然的敬畏，让父亲的骨头里，又多了一样钙质。

父亲担心着一块碎瓦，我担心着父亲的身子，他再也无法直起的腰身，爬上屋顶，会是一种怎样的艰难！可是，我在想象这个画面的时候，除了担心，还有一种骄傲的情怀，我仿佛看到一面旗帜的冉冉升起，是的，我可以把父亲比喻成旗帜，他并不伟大，他只是让我降生，让我长高，让我善待世界，这便足够。

父亲执拗地在我回家之前，把那块碎瓦换掉了，还好，他安然无恙。

我命中的旗安然无恙，屋顶安然无恙。

顾城说：人的责任是照顾一块屋顶，在活的时候让它有烟。

屋顶有烟，我就知道尘世安稳，就能想到亲人们安详的睡姿，能听见一会拢起一会散开的鼾声，能想到多年前养过的一只狗，怀抱一只充满脚气的棉拖，摊卧如泥。

看吧，这就是我们的尘俗，那里有我们想要的暖。哪怕是生了草的屋顶，也不妨碍那暖，在屋子的任何一个角落流转。

每个人都有一块自己的屋顶。那里离星星很近，即便乌云遮天，我也喜欢抬头仰望。

在我所有的漂泊里，屋顶是我忠实的岸。是我出发之地，也是我最终要赶回的地方。

有生之年，我只想照顾好一块屋顶，让屋顶有烟。

屋顶有烟。烟里有菜香，有父母的味道，那一丝看不清的缠绕，裹挟着我的灵魂，径直地扎下根去。

屋顶有烟，眼里有泪。

屋顶有烟，不管它是笔直的，还是被风吹得左右摇晃。只要有烟，它就是活着的。

西风凛冽，父亲凌乱的白发招摇开来，像屋顶上干枯的草。我急忙给父亲带上一顶帽子，好像给屋顶换了一片新瓦。

捆绑苦难

在那次关于矿难的采访中，我接触到一位被双重苦难击中的中年妇女：瞬息之间，她失去了丈夫和年仅18岁的儿子。

她在一夜之间变成孤身一人，一个家庭硬生生地被死亡撕开两半，一半在阳光下，一半在尘土里。

两个鲜活的生命去了，留下一个滴着血的灵魂。悲伤让她的头发在短短几天就全白了，像过早降临的雪。

一个人的头发可以重新被染成黑色，但是，堆积在一个人心上的雪，还能融化吗?

那声沉闷的巨响成了她的噩梦，时常在夜里惊醒她。她变得精神恍惚，时刻能感觉到丈夫和儿子在低声呼唤着她。

同样不幸的还有很多，一个刚满8岁的孩子，父亲在井下遇难，而母亲在上面开绞车也没能幸免于难，强大的冲击波将地面上的绞车房震塌了，母亲在被送往医院的途中离开人世。

在病房里，我们不敢轻易提起这场噩梦。这使我们左右为难，主编给我们的采访任务是关注遇难职工家属的生活，可是我们真的不忍心再掀开她的伤口，那一颗颗苦难的心灵简直就是一座随时都有可能爆发的悲伤的火山。

我们沉默着，找不到可以安慰她的办法，语言在那里显得是那样苍白无力，就像一个蹩脚的画家面对美景时的束手无策。

由于过分悲伤，她整个人都有些脱形了。但是最后还是她打破了沉寂，在得知了我们的来意后，她说，活着的人总是要继续活下去的，但愿以后不会再有矿难发生，不会再有这样的一幕幕生离死别的悲剧。

我在笔记本上收集着那些苦难，那真是一份苦差事。每记下一笔，都仿佛是在用刀子剜了一下她的心。那一刻，我的笔滴下的不是墨水，而是一滴滴血和一滴滴眼泪。

在我问到关于以后生活方面的问题时，她做出了一个让我们意想不到的决定，她要收养那个失去父母的孩子。

“我不能再哭了，我要攒点力气，明天还要生活啊……”在她那里，我听到了足以震撼我一生的话：“我没了丈夫和孩子，他没了父母，那就把我们两个人的苦难绑到一块吧，这样总好过一个人去承担啊。”

把两个人的苦难捆绑到一块，那是她应对苦难的办法。厄运降临，她没有屈服，她在这场苦难中懂得了一个道理，那些逝去的生命只会让活着的人更加珍惜生命。

短短几天的采访行程结束了，临走的时候，我去了她的家，我看到她把院子收拾得干干净净，几盆鲜花正在那里无拘无束地怒放，丝毫不去理会尘世间发生的一切。那个失去父母的孤儿正在院子里和一只小狗快乐地玩耍。我如释重负般松了一口气，抬头就看到房顶的炊烟又袅袅地飘荡起来了，那是在生命的绝境中升起的炊烟啊，像一根热爱生命的绳子，在努力将绝境中的人们往阳光的方向牵引，虽然纤弱，但顽强不息。

我知道，在以后的生命中，无论身处怎样的困境，我都会坚强地站立，因为我知道，曾经有一个人，用她朴实的生命诠释了她的苦难——

把两个人的苦难捆绑到一块，苦难便消解了一半。

1945年的母亲

1945年8月。

他是一个邮差，这个时候是他最忙碌的时候，每天在大街小巷不停地穿梭，他无非是在传递两种消息，一种好消息，一种坏消息。传递好消息的时候，他被看作是快乐的知更鸟，传递坏消息的时候，他被当成哭泣的乌鸦。

他当然喜欢做知更鸟，给人们送去一个个好消息，可是战争年代，噩耗铺天盖地，让他做知更鸟的次数太少了，更多的都是悲惨的消息。比如这一次，他要做的就是乌鸦。

信是从一个部队寄来的。这种信他见得太多了，大多是战士阵亡的消息。

他找到收信地址，一个干干净净的老妇人为他打开了门。

“大娘，您的信。”他把信递给她。

“哦，好，谢谢你。”老妇人急切地接过信，却并没有急着打开，而是放到了胸口，紧紧地捂着。好像她心疼这封信跑了这么远的道儿，倦了、冷了，要用她的体温来暖暖它。又或者，她是在祷告吧，祈祷他是一只知更鸟，而不是乌鸦。

他转身欲走，老妇人却叫住了他，回屋取出好多糖来，往他的兜里揣。“胜利了，胜利了，吃糖，吃糖啊。”她说那些糖都是给儿子一块儿一块儿攒起来的，时刻等着打仗胜利了，他们回来吃。

她说，“小伙子，俺不认识字儿，你能帮俺念念这信吗？前两次俺儿来的信，我都是让邻居帮着看的呢。”

他拆开那封信，果然如他所料，这的确是一个噩耗——她儿子阵亡的消息。

老妇人望着他，眼神中充满着无限期待，他实在不忍心照实读下去，左右为难，不知道该怎样把这杯苦水端给她。

最后，他还是决定实情相告，他越过了开头的“阵亡通知”四个字，念道：“兹有我部战士王小虎，23岁，黑龙江人氏。自参加部队以来，骁勇善战，杀敌无数……”

“嗯嗯，是我儿子，我儿子……”老妇人兴奋地喊叫起来，很显然，她把这封信当做是嘉奖令了。

“我就说嘛，老天爷总会给我留一个的。我一共有三个儿子啊。老大老二上战场，鬼子没杀多少就稀里糊涂的死掉啦。那时候还有老三在，邻居们都劝我，不要让他去当兵了，可是我没听他们的，硬生生地将他赶走了，让他去前线，去杀那帮吃人的狼。”老妇人自豪地说着，“还是俺这老儿厉害，杀了那么多鬼子啊。”

“嗯，很厉害，他是一个大英雄。”他应和着老妇人。他明明端给老妇人的是一杯苦水，可是老妇人却以为接过来的是一杯糖水。他发起愁来，这个时候如果说出实情，她肯定会承受不住打击的。

“小伙子，接着念啊。”老妇人催促着他。

“哦，再没什么了，部队上的人说，等部队整编完之后，你儿子很快就能回来啦。”他撒了谎，因为他讨厌乌鸦，擅作主张，把自己变成了一只知更鸟。

老妇人喜滋滋地把信接过去，折叠好，放回信封里，然后又放到胸口暖了暖。

他不知道这个谎言能持续多久，但他想，就算是谎言，也总比绝望要好。只要这谎言不被捅破一天，就能让老人怀揣一天的希望。他并不为自己的谎言感到自责。

他敬仰这个老妇人的三个儿子，在战场上英勇杀敌，而自己却在后方做着一个胆小如鼠的小邮差。他也敬仰眼前这个英雄的母亲，把三个儿子都义无反顾地送往前线去杀敌，这需要多大的气魄啊！

这一刻，他很想念自己很多年前去世的母亲。

忽然，他脑海中萌生了一个想法，他甚至有点为这个想法而感到兴奋。

“大娘，如果您不嫌弃，我能做您的干儿子吗？”

“老天，今天这是什么日子啊，双喜临门！”老妇人流着眼泪拥抱了他，“我就知道老天爷不会那么无情……”

他在老妇人的面前跪下去，重重地磕了三个响头，重重地喊了一声“妈”。

他在心里想，等老人有了依靠再慢慢告诉她真相吧。等他娶了媳妇儿，一定要多生几个孩子，把老太太丢失的亲情，都给补回来。要天天吃糖，把以前日子里的那些苦都慢慢地变成甜。

他拿出一个登记簿，告诉她，还需要签字，以证明她收到了这封信。忘了她不识字，就拿起笔替她把字签了。

老妇人很惊讶，“你还没有问过我的名字，怎么就签上了呢？”

他笑了，“我当然知道你的名字啊，信封上不是写着的吗。不过我签的不是那个名字。”

他说着展开他的登记簿，最下方一个签名栏里写着两个字：母亲。

第四辑

用一首诗去清洗这个世界

不用潜伏，你是平凡，你是听着阳春白雪的下里巴人；不用捂紧，你有感情，你就有着风花雪月后的柴米油盐；你不伟大，伟大也是过去或未来的一团骨灰；所以你的生命，在喧闹中寂寞，在人堆里孤独，在享受中脆弱，在放纵中埋没……所以，你寻找爱——那种地老天荒的承诺！

两个人的孤独，绑到一起，是孤独的一半。

你是否被自己的贫穷激怒

朋友和我说过这样一件事：

大三的时候，学校搞了一个他觉得很坑爹的活动，主题好像是“自强不息”，都是一些“表现优秀”的贫困生做汇报。

令他记忆深刻的是一个大一女同学的演讲。她的穿着固然不是什么名牌，但是放校园里也不寒碜，关键是整个人透出一股干练。她的演讲也很棒，至少刚开始是，以非常平和的语气跟大家分享了她的经历、她的家庭、她怎么生活、怎么学习，很艰辛，但是她讲述出来非常淡定。

但是讲着讲着，她的眼神有点儿变了，非常坚毅，坚毅到有点冷酷。

然后她讲的内容分明有点从准备好的演讲稿中脱离出来了，因为语调完全变了，变得有点儿激动，基本意思是：

那些家庭富裕的同学，我看着你们在学校挥霍自己的青春，我一点也不羡慕你们。真的，我也一点儿也不嫉妒！我一定会证明给你们看，我会比你们强多了！

姑娘可能发现自己跑题了，语调很快恢复了平静。

朋友的内心颤动了下，那个眼神永远地留存在他的脑海中。

那是一种被愤怒扭曲得变了形的眼神，是得理不饶人的眼神，是你若负我，我负天下人的眼神，每每回想起来，都令人可怕。

对于这个姑娘，朋友既同情又担忧，一个家境很差的人，没有极强的决心，很难奋斗，很难改变自己的生活。所以，他理解她，他觉得这个姑娘将来会过得很好，但是他很担心，她会变成一种让他觉得很讨厌的人。

因为一个人靠强大的毅力和决心支撑着自己的信念，但谁敢保证那颗心一直平和，丝毫不会极端和狭隘化呢？

所幸，她还没有心生仇恨，只是被自己的贫穷激怒了。

初中有段时间，母亲单位半破产，提前退了，父亲想着多挣钱，早就辞职下海了。

可惜父亲没挣到什么钱，人还常年不在家，所以家里经济条件很差。

不过当时对穷困的感觉并不明显，一是我所在的小县城，相对闭塞，大家对比度并不强烈；二是母亲给我营造了一种没见过世面下的精神自足。

说吃饭吧，我当时没怎么下过馆子，每天都是母亲做饭，现在想来，吃的很简单。基本上一顿饭就一个素菜，有时候是榨菜，另外母亲做一些补救，给我做很用心的手擀面概率很高，来弥补米饭做主食的单调；每顿饭没什么菜，但是频繁变种类；她专门烧好一些酱肉丝放那，不放菜，每顿饭给我拨一点，两斤猪肉能吃不少顿。

最关键是她的精神胜利法，她不断给我灌输：

“你妈以前老去饭店，饭店的菜花样多，但是其实很难吃的，哪有你妈做的小青菜好吃，又健康。”

“我的手擀面，是市面上没有的美味，我做的肉丝是不是特别好吃？”

那个时候我就觉得我每天吃的饭特别好吃，幸福感爆棚，然后还跟人吹嘘我吃得好。当时有些同学也没见识，很容易被我唬住，羡慕地看着我。

那个时候，我相信，能吃到母亲做的手擀面，就是我全部的美好。

最后，比较终于来了。班上转来一个家境优越的男生，从穿着上，从举手投足间对别人不屑的表情上看，他的确比我们高了很多档次。我和一些没原则的男生开始屁颠屁颠地和他套近乎，自然，好处就是他带我们吃了很多好吃的，也是从那个时候起，我才知道这世界上还有一种叫“西餐”的东西。

更致命的是，这个富有的家伙，在学习上也“睥睨天下”，从他进我们班开始，就注定了“神”一样的存在。这得多招人嫉妒啊！自然，他和我们这些“追随者”都成了另一些人愤怒的谈资，“有啥好显摆的啊，不就是仗着家里的老子有钱吗？又不是他自己赚的”“那些没骨气的家伙，成天跟在人家屁股后头，也不觉得丢人”……

我承认我是羡慕，但绝没有嫉妒，更不会有愤怒。每个人出生不同，自然过着不同的生活，抱怨无益，也不切实际，不如将这些作为我们要追赶和超越的目标，让自己动力十足。

如果你不幸掉入贫穷的漩涡，那么你需要的是战胜困境的勇气和决心，而不是被它激怒。

向后退去的孤独

你的孤独，不能向左，不能向右，不能向前。你的孤独，不能倾斜，不能腐朽，不能蔓延。

你的孤独，后退是唯一的去向。

孤独退去，如潮水，如欲念。

吉皮乌斯说："绝望的最后一滴里藏着欢喜。"

我将孤独一饮而尽，若是不见欢喜，必定还未见底。

一滴泪。落进希望的壶。眼泪瞬间沸成开水。

一滴泪。跌入失望的罐。眼泪霎时冻成坚冰。

这就是我们的生活——

希望与失望的交替融合。

开水浇在冰上，不正是我们想要的最适宜的温度吗？

孤独，就是你需要的温度。

忙了一天，一刻都没有闲下来。

那么机械地忙碌着，没有时间思想，没有时间回味，内心被充塞得满满，感觉灵魂被挤疼了。

世界上那么多美丽的景象，都因为这份拥挤而被蒙上了厚厚的黑色纱布。

孤独，可以割开这一切。

有一些开在深秋的小野花，我真佩服它的勇气，孤零零地开在那里，仿佛滴在岁月深处的一滴血，它们保存着春天的DNA，为春天保留了火种，以便春天更快地复活。

这是一朵小野花的孤独，最伟大的坚守。

风吹灭了蜡烛，却会让炉膛里的火更加旺盛。所以，别怪风，要怪就怪自己没有成为更恢宏的火焰。

如果此刻，你的孤独是一根蜡烛，那就把更多的孤独捆绑，直至成为孤独的篝火。

一度，喜欢和天涯海角的网友神聊，只是因为，那么远的热情，让我淡忘了那么近的忧伤。

而孤独，一直就是忧伤的帮凶。

伊丽莎白·毕肖普把孤独和死亡连在一起——我无法不面对死亡，因为他可亲地来到我身边了，带着我在骏马上飞驰，仿佛我就是美丽的少女，而死神是位无比英俊的大叔。田野在两边流过，我把金色屋顶留在身后了。

死是人间的最后一次睡眠，孤独是薄如蝉翼的鼾声，唯有上帝可以听到。

每个人都想飞起来，每个人都想看看大家在一天的表演之后，会把面具脱在哪里。

会把孤独，呈露于哪扇窗下。

夜空里的点点繁星，交相辉映。俏皮地挤眉弄眼，这样的夜是恬静的，不是孤独。

不是。

一个星期不见太阳，突然晴了，单位新招的保安在一片日光里晒着，跟一旁的石狮子像哥俩似的。

在太阳下略显拘谨的小保安，让我看到孤独。

两列火车擦身而过，那么多的人彼此望向对方，如同望向一片海。两列车身像两幅巨大的木版画相互交错，渐行渐远。

蜿蜒的铁轨，通往孤独。

养老院的两个老人，看似亲密无间，实则因为彼此听不见。唯有靠得更近，唯有耳鬓厮磨，孤独才不会像爆米花一样炸开，无法收拾。

老人吐出鱼刺，并不急于扔掉，又剔了剔稀松的牙齿，抠了抠指甲里的污垢。

一根鱼刺里的，奄奄一息的孤独。

你不停地看表，这世界到底有什么使你如此焦虑。

又是什么，惊起潜伏在你心底的孤独？

笑容过多的人，往往让我恐惧。

一个躲在媚笑里的人，是最可怕的敌人。

如此，我宁愿孤独。

你见过雪茔吗？是的，雪茔，用雪堆积出来的两座坟茔。有很多次，我注意到它们，紧紧地挨在一起，形成一种团结起来的姿势，它们庄严肃穆的表情，凝视着我的眼睛，像是问我，你为了什么，长久地在大地上奔波？

为了永恒的孤独。

这多么像一棵树的孤独。不能向左，不能向右，不能向前；不能倾斜，不能腐朽，不能蔓延。

风在它与另外的树之间盘旋，替它传递孤独。

不用潜伏，你是平凡，你是听着阳春白雪的下里巴人；不用捂紧，你有感情，你就有着风花雪月后的柴米油盐；你不伟大，伟大也是过去或未来的一团骨灰；所以你的生命，在喧闹中寂寞，在人堆里孤独，在享受中脆弱，在放纵中埋没……所以，你寻找爱——那种地老天荒的承诺！

两个人的孤独，绑到一起，是孤独的一半。

孤独来之不易，且自珍惜。

向美好的旧日时光道歉

美好的旧日时光，渐行渐远。在我的稿纸上，它们是代表怅惘的省略的句点；在我的书架上，它们是那本装帧精美，却蒙了尘灰的诗集；在我的抽屉里，它们是那张每个人都在微笑的合影；在我的梦里，它们是我朦胧中喊出的一个个名字；在我的口袋里，它们是一句句最贴心的劝语忠言……

现在，我坐在深秋的藤椅里，它们就是纷纷坠落的叶子。我尽可能地去接住那些叶子，不想让时光把它们摔疼了。

这是我向它们道歉的唯一方式。

向纷纷远去的友人们道歉，我已经不知道一封信应该怎样开头，怎样结尾。更不知道，字里行间，应该迈着怎样的步子。

向得而复失的一颗颗心道歉。我没有珍惜你们，唯有企盼，上天眷顾我，让那一颗颗真诚的心，失而复得。

向那些正在远去的老手艺道歉，我没能看过一场真正的皮影戏，没能找一个老木匠做一个碗柜，没能找老裁缝做一件袍子，没能找一个“剃头担子”剃一次头……向美好的旧日时光道歉，因为我甚至没有时间怀念，连梦都被挤占了。

我们走得太快，与生命中的一些美丽景致擦肩而过。正如电影《大城小事》里面的一句台词：我们太快的相识，太快的接吻，太快的发生关系，然后又太快的厌倦对方。看来，都是快惹的祸！在这点上，老祖宗都比我们有智慧，他们说，心急吃不了热豆腐。

旧日时光，尽管琐碎，却那般美好。

琐碎这样一个字仿佛让我看到这样一个老人，在异国他乡某个城市的下午，凝视着广场上淡然行走的白鸽，前生往事的一点一滴慢慢涌上心来：委屈、甜蜜、辛酸、光荣……所有的所有在眼前就是一些琐碎的忧郁，却又透着香气。

其实生活中有很多让人愉悦的东西，它们就是那些散落在角落里的不起眼的碎片，那些暗香，需要唤醒，需要传递。

就像两个人的幸福，可以很小，小到只是静静地坐在一起感受对方的气息；小到跟在他的身后踩着他的脚印一步步走下去；小到用她准备画图的硬币去猜正反面；小到一起坐在路边猜下一个走这条路的会是男的还是女的……幸福的滋味，就像做饭一样，有咸，有甜，有苦，有辣，口味多多，只有自己体味得到。

但人性中也往往有这样的弱点：回忆是一个很奇怪的筛子，它留下的总是自己的好和别人的坏。所以免不了心浮气躁，以至于总想从镜子里看到自己十年后的模样。现在，十年后的自己又开始怀想十年前的模样了，因为在鬓角，看见了零星的雪。

轻狂年少，恣意挥霍着彼此的情感，在无数个夜里，我为曾经的伤害而忏悔。经历了千山万水和种种磨难之后才知道，爱人才是最后一盏照耀我的灯，这最后一盏让我复活的灯，微弱却坚强地亮着，让整个夜晚，让我的内心，无比明亮，时时刻刻为我的灵魂指引方向。所以我留着那些忏悔的眼泪，用来换取明天通往幸福港湾的船票。

向美好的旧日时光道歉，因为我的不慎重，将你们失手打碎。从此我的心，变成无底的杯子。

向美好的旧日时光道歉，因为我的不珍惜，将你们丢在脑后。友情的树，爱情的花，一个孤零，一个凋落。

友人，如果你们听到了这些啰啰嗦嗦的话，请告诉我，这个周末的火炉旁，暖意融融，能饮一杯无？

爱人，如果你读到了这些絮絮叨叨的文字，请告诉我，停在你门前的那三匹马的车子，还能否，载得回你的深情？

一条懂事的鱼

局长家里有事，不能去值班，就让他的司机吴凯代为值班，并把自己办公室的钥匙给了吴凯，吴凯知道，这是只有心腹之人才有的待遇啊!

吴凯的妻子阿丽听说他要替局长值班，就撒娇非要跟着去值班，她说她想看看大局长的办公室到底有多气派。

“果然气派非凡啊！”阿丽惊呼道，“你说这要是你的办公室该多好。”

阿丽摆弄着一个个令她艳羡不已的物件，吴凯警告她一定要小心点儿，别给弄坏了。

最后，阿丽被那几乎整面墙那么大的鱼缸给吸引住了。鱼缸里有很多名贵的鱼，都是她叫不上来名字的。她不自觉地用手指敲了敲那鱼缸，结果有一条鱼很奇怪，游过来对着她的手指“亲”了一下。

阿丽好奇地亲了一下鱼缸，没想到那条鱼竟然也亲了一下。

阿丽玩得兴起，干脆用脑袋撞了一下鱼缸，结果那条鱼也撞了一下鱼缸。

“太好玩了。”阿丽对吴凯喊道，“这真是一条懂事的鱼。如果咱有钱了，我也要买一条，我太喜欢它了。”

吴凯知道，这条鱼是一个搞建筑的老板送给局长的，是很珍贵的品种，他想他这辈子怕是都买不起的吧。

有一天，他和往常一样，开着车子送局长上班。车子走到一个拐角处的地方，突然有几个人拦住了他们，不由分说地打开车门，对局长一顿拳打脚踢。他拼了命地用自己的身体护着局长，那些人打累了，丢下一句"以后办事注意点儿，下次可不会这么便宜你"。

他想一定是局长在这次工程招标中得罪了人，因为投标的太多，而且很多都是大老板，哪个都不好得罪。他也知道，局长暗中操作，帮助其中一个老板招到了这个标。但他守口如瓶，这也是局长最欣赏他的地方。

为了表示对吴凯救命之恩的酬谢，局长给了他一个鼓鼓囊囊的红包，吴凯死活也没收。

"那么这办公室里的东西，你看中啥了随便挑。"局长说。

吴凯的眼睛就盯到了那条鱼，他知道妻子阿丽喜欢这条鱼，不止一次和他提起。他有些不好意思地对局长说："我喜欢这条鱼。"

局长有些不舍，但既然答应了就不好反悔，他把鱼捞出来，装到一个小鱼缸里给了他。

"你要好好养着啊，这鱼可贵着呢！"局长再三嘱咐着。

他如获至宝，妻子阿丽也高兴坏了，赶紧买了一个好看的大鱼缸养了起来。简陋的屋子里置放着这样一个漂亮的鱼缸，显得有些不太搭调。她还买了很贵的鱼食喂它，精心呵护养了能有半月有余，家里来了客人，阿丽和客人们吹嘘起这条鱼的神奇来。

"你们不知道，这是一条有灵性的鱼。不信你们看。"阿丽说着，就用手指轻轻敲了敲鱼缸，结果那条鱼没有任何动静。阿丽接着吻了一下鱼缸，可那条鱼竟然好像没有看到一样，对阿丽不理不睬。

阿丽有些急了，就又冲着鱼缸撞了一下头，可那条鱼如同嘲弄她一般，朝着相反的方向游去。

阿丽一脸说不出来的尴尬。她愣在那里，搞不明白，为什么同样的一条鱼，放到局长办公室和放到她的家里，怎么就不一样了呢？难不成一条鱼也这么势利吗？

几天后，吴凯主动把这条鱼又送还给了局长，他说：“这么名贵的鱼，只配局长来养，我们养着白瞎了。”

局长哈哈大笑，并没有说什么。

那条鱼又重新回到了局长的大鱼缸里，轻松自在地游了起来。吴凯有些不甘心，趁局长上厕所的工夫，他冲着那个鱼缸撞了一下，那条鱼也跟着撞了一下。

“嘿，真是见鬼了！”他随即狠命地冲那个鱼缸撞了一下，额头都差点撞出血来。这下可坏了，只见那条鱼，也像疯了一样向鱼缸撞来，结果撞晕了，直接翻了个底儿朝上。不过还好，缓了一会儿，它接着游走了。

他百思不得其解，决定问问局长其中的奥妙。

“要想让一条鱼懂事，你就要让它饥饿。这条鱼在你们家里的时候，你们是不是不停地给它喂食？那样它就不会听你的话了，只有让它饥饿的时候，它才会听你的话，因为听话了，我才会给它鱼食吃。”局长说，“不过，现在这条鱼坏了规矩，偶尔也有不听话的时候。”

吴凯知道，都是因为这条鱼在他家的时候，被妻子改了习性。他的心底不免有些隐隐的不安。

第二天，局长把吴凯叫到办公室，他忐忑不安地有一种将要被辞退的预感。结果恰恰相反，局长递给他一个信封，“这个是给你的奖金，好好干。”局长笑容可掬地拍了拍他的肩膀。

“这……这……我也没做什么啊？”他有点儿受宠若惊，语无伦次起来。

“奖励你，是因为你不会人云亦云地乱说话。”局长意味深长地指着墙角的一个纸篓说，“不要学那条自作聪明的鱼。”

这时候他留意到，那条懂事的但是已经乱了习性的鱼，正在那个纸篓里，拼命挣扎着。

吴凯顿时感觉到一阵饥饿。

黑板擦

关小惠是五中的“校花”，不仅仅是人长得高挑漂亮，还因为学习成绩名列前茅。美女和才女集于一身，自然令她高傲无比，俨然学校里高高在上的公主。

直到有一天发生了一件事，令她的人生急转直下。那一天，她在校门口，被一个社会上的小混混强行抱住，并被吻了一下。

如此爆炸性的事件，自然成了校园里的头条新闻，迅速传开。平常被她瞧不起的人，更是开心无比，添盐加醋地把这件事扩展成她被流氓强暴了。

她每天都要面对别人的流言蜚语，再也无法安心学习，成绩一落千丈。

更令她无法忍受的是，不光同学们对她指指点点，就连班主任黄老师也开始和她过不去似的，处处找茬儿。以前，老师宠着她，从来舍不得让她干一点儿活，可这以后，每次老师在讲台上把黑板写得密密麻麻的字以后，就会喊：“小惠同学，上来把黑板擦一下。”她很不情愿地板着脸去擦黑板，老师可是不照顾情面，过了一会儿，黑板又写满了，还是她，再一次去擦。时间长了，“黑板擦”就成了她的代名词，同学们也不再叫她小公主，而是开始故意嘲笑地喊她的新外号——“黑板擦”。

曾经骄傲无比的她，就因为那样一个“污点”，开始变得垂头丧气，再无了往日神采。

终于有一天，她忍受不了同学和老师的白眼，选择了退学。当天晚上，黄老师就去了她家，见了她的父母，意思是让小惠的父母，劝小惠回来上学。

她躲在自己的闺房，不出来见黄老师，因为她恨极了他，她觉得同学们的指指点点倒是可以原谅，可是他，作为一个班主任，他的行为让她打心眼里厌恶。

黄老师临走，留下一本书，说是给她的，让她一定要看完。看完后再做决定是否退学。

她看完那本书，那是一个女大学生的故事。书里说，那个女大学生曾经被一个流氓欺辱过，一度有轻生之念，后来在家人朋友们的努力劝说下，终于走出阴影，最后成为一位人人敬仰的女博士。

她看完，哭得稀里哗啦。在书的最后一页，她看到了一张便笺，是黄老师给她的留言：

小惠，或许你觉得老师让你擦黑板是在故意刁难你，你错了，老师只是想让你自己擦掉内心的阴影。你看，黑板可以擦干净，心里那点儿污渍算得了什么呢？回来吧，老师和同学们都等着你呢！

再次坐在课堂里，心里早已塞满了阳光。同学们还会叫她“黑板擦”，可她早已不再把它当做贬义词，而是当做一种激励。

“小惠同学，上来把黑板擦一下。”黄老师又在喊她。

她像只小鹿一样欢快地跑上讲台，麻利地擦起了黑板，阳光下，粉笔屑飘飘扬扬，她仿佛闻到了花香一般，竟然有了陶醉的感觉。

窗外明明是冬天，可她的肩膀上，却落着一片片樱花瓣。

欢乐是痛苦的铠甲

去年冬天，因为工作的缘故，认识了侯老，年过花甲，剪了个小平头，头发浓密但已花白，交谈之中，发现我们有很多共同爱好：喜欢写文章、喜欢旅游、喜欢摄影，喜欢玩游戏、喜欢制作短片、喜欢看美女……

侯老最爱玩的游戏是《抗日：地雷战》，他说小的时候是看抗战电影长大的，他一直有个心愿就是亲临一场抗日战争，在战场上用刺刀和日本鬼子血拼，可是只有游戏才能帮他实现这个心愿。接着他还给我看了一些他恶搞的影片，乐得我俩肚皮乱颤，他说他还在学习中，总有一天，要拍一个自己的微电影。他童心未泯，活到老学到老的精神让我感动。

我就在想，要是我也老了，一定也要像他一样，玩着自己做的游戏，看着自己恶搞的电影，快乐地疯掉。

侯老热爱写作，虽然他说他只是初中文凭，但十分热爱阅读，并在闲暇之中进行文学创作，他的作品充满讽刺色彩，他给那些文章汇总到一起，自己装订成册，取了一个书名，叫《谐谑集》。

当时我就鼓动侯老开博，把自己的荒唐集放在上面，让大家共赏，他立刻就喜欢了这种新生事物，并给自己的博客起了个名字叫作“老顽童之家”。

有了深度接触之后，知道了他是一个失孤老人。45岁的时候，儿子出了车祸，20多岁的大小伙子，说没就没了。这世上没有比白发人送黑发人更可悲的事情了，况且，那还是他的独苗。

他犹如一块正在燃烧的炭火，猛地被泼了一盆冷水，生活里的热情一下子全部熄灭。他和老伴儿一起瞬间苍老下去，老伴儿憔悴得更厉害，常常是一整天一言不发。他想，孩子没了，可生活还得继续，不能就这么垮下去。在黑暗的炼狱走了一遭之后，他终于顽强地挺了过来。

他懂得用快乐去覆盖痛苦，他也懂得用快乐去安慰老伴儿，陪老伴儿一起去旅游，一起去实现年轻时候没有时间来完成的一些事。

他像一个贪婪的孩子，不断地在生活的矿井里挖掘快乐的金块儿，这不，刚刚听说他开通了微信，并有了自己的公众号，他幽默诙谐的文章通过新的途径又传播了出去，给很多人带去了快乐！

再见到侯老的时候，他的怀里抱着一个3岁大的孩子，他美滋滋地和我说，这是他和老伴儿去孤儿院领养的一个孤儿，他说这是上天给他们的礼物。

“我要给孩子拍很多短片，一直到他长大。”侯老的脸上，挂着掩饰不住的兴奋。

家里的墙上还挂着去了另一个世界的儿子的照片，但侯老已不再那么悲伤，他领悟到，不舍得丢弃回忆的人，也可以很快乐。曾经的美好，都是宝藏。是永不过期的支票，可以用来支取快乐。

狄金森在一首诗中写道：“受伤的鹿跳得最高，受锤击的岩石飞迸，被践踏的钢条反弹，那格外红的脸颊，是肺结核在叮咬……欢乐是痛苦的铠甲。”

痛苦来袭，就用快乐去抵御吧。只有让痛苦止步，幸福才会上路。

句　号

“老师，什么时候用句号？”

“一段话说完的时候。”

“可我还想说，想一吐为快，怎么办？”

“那就另起一段。重新开始。”

我喜欢句号，快刀斩乱麻的句号，英明果敢的句号。直达彼岸，拒绝优柔寡断。

句号，可以把大段大段冗长的故事分割，像一级级台阶，慢慢通往故事的高潮。

我喜欢句号，从一个点回到一个点，一个圆满的圈。

句号，是最完美的人生。当然，不是那种以急刹车的形式出现的句号，而是缓缓出了一口气，尘埃落定时的句号。

不喜欢省略号，不负责任的省略号，省略了很多美好，省略了很多人的年少时光。

不喜欢逗号，啰里啰嗦的逗号，不得要领的逗号，往往把人领入歧途。

不喜欢叹号，煽情的叹号，只想着赚人的眼泪。当然，眼泪是某些人的救命稻草，是收视率，是票房收入，直接和物质挂钩。

不喜欢问号，故弄玄虚的问号，披着真理的外衣，却从不给人一个完整的解释。

有时候我在想，谁能在临终的时候说：我走了，拜拜。一个毅然决绝的句号，再不回头，与生命一刀两断，快意恩仇。

更多的人，走的时候，总是要用省略号的，像挥之不去的怅惘和伤感的泪滴，因为那么多的梦想还没有实现。或者，是因为你点了两盏油灯（快掐灭一个吧，让他走得安心！）。

这样的人，活着不轻松，死了也扛着扁担。

大师们都喜欢用句号。尤其是生命的晚钟敲响的时候。

叔本华用了轻巧的句号：“死亡只是回到出生以前罢了。”

奥雷勒用了俏皮的句号：“死也许仅仅是挪个地方。”

圣徒奥古斯丁用了自信的句号：“死亡只是隐身，而不是缺席。”

罗伯斯庇尔用了掷地有声的句号：“死亡是不朽的开始。”

龚古尔用了一针见血的句号：“死亡对于某些人来说不只是死亡，而且是所有身份的结束。”

乔治·桑用了很别致的句号：“被遗忘才是真正的死亡。”

诗人，什么时候用句号？

将鞋子束之高阁的时候；将翅膀卸下的时候；将爱情锁进抽屉的时候；将月光存入瓶罐的时候。

母亲，什么时候用句号？

回家的时候。

灵魂，什么时候用句号？

满目繁华但你却紧闭双眼的时候；尘嚣嘈杂但你却耳根清净的时候；时尚流行，你不再趋之若鹜的时候；不是枪响，而是放掉一只鸟的时候。

孩子，什么时候用句号？

睡觉的时候。今天的事情今天做完的时候。

“老师，什么时候用句号？”

“一段话说完的时候。”

“可我还想说，想一吐为快，怎么办？”

“那就另起一段。重新开始。”

那是我生命中接触到的最早的哲理：句号不是结束，是为了另起一段，是为了重新开始。

丁香花儿，别睡觉

丁香花儿，别睡觉，睡着了，你就没有香味了。

这是我听到的那个孩子嘴里不停念叨的话，像童谣那样好听。

其实从刚上车的时候起，我就注意到了那个捧着丁香花的小姑娘。她四五岁的样子，扎着两个顽皮的小辫子，样子十分可爱，像小天使一样被所有人簇拥着。她很活泼，满车厢的人都愿意和她聊天，那一刻，我看到年轻妈妈的脸上满是幸福的微笑。

她说话带着天真的童趣，让我们忍俊不禁。比如有人问她家里谁说了算啊？她不假思索地说“爸爸啊，他是俺家的头儿。”年轻妈妈就故意拉长声音问她“真的？”她马上改口说 “是妈妈，是妈妈”。“你不是说爸爸是家里的头吗？”“可是妈妈是家里的脖子，脖子让头朝哪转就朝哪转……”

还有人看到她嘴里的豁牙，就问她牙怎么掉了。她说“为了长出新牙啊，所以就得拔掉它”。“那你的牙还疼不疼？”小女孩的回答让我们把肚皮都笑疼了：“啊呀，牙齿被留在医院里了，我不知道它疼不疼啊！”

有人问她要去哪里，她说去看奶奶。她说奶奶生病了，屋子里到处都是药味，她要把丁香花放到奶奶的窗台上，让奶奶闻闻花香，奶奶的病就会好起来。这一次我们没有笑，但却感觉她更加可爱了。

一个多懂事的孩子啊。因为这个小家伙，整个车厢都热闹了起来。她像一只彩色的蝴蝶，不停地扇动快乐的翅膀，把一个完整的春天带到车厢里来。

因为是长途，道路又特别颠簸，小家伙好像有点累了，她躺在妈妈的怀里说：我困了，我要睡觉。年轻的妈妈是怕她睡着了会感冒，就对她说，你睡觉了，你的丁香花也会睡，丁香花睡着了，就没有香味了。

“是吗？”孩子天真地说，“那我不睡了，丁香花，你也别睡觉。睡着了，你就没有香味了。”

年轻的妈妈对她说，“你不让丁香花睡觉，就用手给它扇风，看看香味是不是会更浓。”她照着妈妈的方法试验了一下，果然，那香味浓得似乎流动起来了。我很佩服那个年轻而优雅的母亲，她懂得用那些优美的语言把孩子内心的花香唤醒。

其实，每个人身上都有着各自的花香，只是有的没有被唤醒。我想到我的女儿，执意要把买来的冰激凌送给那个小乞儿；我想到一个商店老板的孩子，买东西时因为忘记找零，三四分钟后气喘吁吁地追上来将五角钱放在我的手心；我想到宾馆的一个老服务员，把手背在身后微笑地说：看看你把什么东西丢了？那是我不小心落在服务台的数码相机……那些时候的那些人身上，都散发着花香，它不同于各种名牌香水的味道。

充满爱意的心灵是一个人灵魂里散播的花香，而我们所要坚守的就是——别让花香沉睡。

灯

阿浪做出的这个决定实在是迫不得已。

初冬了，他身上还穿着单薄的衣服，吃的就更别说了，冬天的垃圾箱里想拣点现成的吃的都是个问题。

“老天爷为什么对我这么不公平？”阿浪愤愤地想，“与其受冻挨饿，不如去冒一次险。”

不怕贼偷，就怕贼惦记！阿浪选定的作案目标，他已惦记许久，因为他发现那家里只有一个行动迟缓的老人。

他怀里揣着一把刀子，那是前几天在垃圾箱捡的半个烂西瓜上面插着的一把生锈的水果刀。“对付一个糟老头子，还用得着刀子吗？”阿浪在心底给自己打气。是的，人在绝望的时候，任何一样东西都是武器，阿浪心里的刀子，比任何一把都尖利。

阿浪在等待屋子里灯灭的那一刻！可是灯却迟迟没有灭，仿佛看透了他的心思一样，机警地亮着，照着阿浪的良心。

阿浪等待着，只要灯一灭，他立马就翻墙而入。

灯灭了！

阿浪的心提到嗓子眼儿，他要行动了。他要去犯罪了。可是刚想翻身跃过大门的时候，灯马上又亮了！

“咳咳咳……”阿浪听到老人一连串急促的咳嗽声。这让他更坚定了信心，这老人真的是个病秧子，可以不费吹灰之力就搞定。

灯灭了！

他想，这是一个绝佳的机会，不能再错过了。可是，他还是犹豫。万一自己掌握的情况不准确呢，万一家里还有其他人呢。阿浪握了握手中的刀，那刀柄已经有了温度，可是依然寒气逼人。

阿浪正决定采取行动的时候，灯又亮了。而且，老人还走了出来。蹒跚着打开了大门。

老人手里拿着一件很厚的大衣。他对阿浪说：“对不起，孩子。”

阿浪呆愣在那里，不知道发生了什么。

“看见你在我大门口站了很长时间，我猜你肯定有什么特殊的原因吧。可是我不敢开门，我怕你是个盗贼。原谅我有这么狭隘的心理吧。孩子，看你冻得直打哆嗦，都是我的错。我真是越老越差劲儿了，怎么可以怀疑你，怎么可以怀疑这么单薄可怜的孩子呢！咳咳咳……”

老人一口气说了很多，紧接着就是一阵咳嗽，缓了缓气儿，接着说：“我猜你一定是冷极了饿极了吧，想向我求助，可是我却大门紧闭，不给你一点温暖的缝隙。孩子，原谅我吧！”

老人把衣服递给阿浪，“快披上衣服，跟我来，今天家里没有吃的了，我带你去外面，吃一顿好的。”说完，不容分说就牵着阿浪的手，往一个饭馆走去。

阿浪的刀子，藏在衣服下面的刀子，锐利的刀子，不知不觉，就钝了，生锈了。

吃饱后，阿浪忍不住问老人：“您家的灯，怎么一阵亮一阵灭啊？”

“哦。那是我儿子怕我晚上下地不方便开灯，安装的声控灯，我一咳嗽它就亮啦。可你知道，我这哮喘病得厉害，害得这灯啊，几乎整夜都亮着，你说，这得多花多少电费啊！”

阿浪打心眼里感谢那一闪一灭的灯，如果那灯一直就灭着，他说不定已经干出伤天害理的事了！

路过一个垃圾箱的时候，阿浪偷偷将怀里那把水果刀扔掉了。没想到老人却在后面把它捡了起来，“别扔，还能用呢！正好我家里缺一把水果刀。”

刀子在路灯的反照下，闪着光，只是那光不再寒气逼人，有了一点温暖的光晕，像一盏在风中摇曳的灯。

两只陌生的蚂蚁

两只陌生的蚂蚁，在一棵树下相遇了。

“你从哪里来啊？”

“城东的一棵大榆树下。那么你从哪里来呢？”

“城西的一棵大榕树下。”

“你走了多久啊？”

“我感觉好久好久。”

“是的，我也有这样的感觉，仿佛走了大半生一样。”

它们彼此问询过后，各自准备走掉。

一只蚂蚁的触角碰到了另一只，另一只蚂蚁打了个趔趄，不禁有些生气地说：“你就不能小心点儿啊，瞧你那该死的触角，差点儿给我绊倒。”

被骂的这只蚂蚁也很生气，“不就是碰了你一下吗？至于这么生气吗？有什么大不了的！”

两只蚂蚁你一言我一语，互不相让。消磨了许多时光。

忽然，它们几乎同时停止了言语。一只蚂蚁说，“我们隔着那么远的路，能在这一棵树下相遇，不会只是为了这一场争吵吧！”

另一只蚂蚁也说，“是啊，我们走了那么远的路，在这里遇见，你用触须碰了我，我完全可以当成是你问候我的一种礼节啊！”

这样想，让两只蚂蚁一下子都快乐了起来。顿悟，让它们彼此回过身来，慢慢走向对方，并给了对方一个大大的拥抱。

做人何尝不是如此？多少人，有缘可以成为亲人、爱人、知己，成为彼此亲密无间的人，又有多少人，可以有幸成为朋友、同事，在辽阔的世界里，哪怕能够擦肩一次，也是命运在轮回里的一次精心设计。

可是多少亲密无间的人，为了鸡毛蒜皮的事情争吵不止，直至让那份看似坚固的情分有了让人心碎的裂痕。

希望他们也可以像那两只蚂蚁一样，扪心自问一句——

“如此辽阔的世界里，我们相遇，难道仅仅是为了一次争吵吗？”

用一首诗去清洗这个世界

他站在那里，整个人就像一幅字帖：发乱如草书，眉浓如隶书，鼻正如楷书。

他是一个端正的但却潦倒的人。

他是我的隔壁邻居，一个与这个尘世有些“格格不入”的诗人，许是太过于专注他的诗歌，生活被他过得一塌糊涂。40多岁的人，尚未娶妻，时下的女子，恐怕没有哪个愿意嫁给清贫的诗歌。年近古稀的父母，只有他这一个独子，为他操碎了心，偏偏他“不务正业”地爱上了诗歌，无法自拔。他自己倒是乐得逍遥，梅妻鹤子般做着城市里的隐士，只是和诗歌恋爱自然无法为老人生下一个孙子，怨叹声不免时时叨扰他的耳膜。

他过于瘦弱，薄薄的一片，不免让人担心，随时被风卷了去。

他的生存能力实在太差，且不说洗衣做饭的笨拙，就连邻里之间的处事，他甚至找不到哪里是菜市场。问了几个人之后，总算找到了，不会和小贩们砍价，每次买回来的都是高价菜，转过身之后，还被人冠以“傻帽”的名号。

回来的路上，菜篮子被车子刮翻，蔬菜们委屈地滚落一地，他还没来得及去捡，就被车子里的人一顿恶骂："瞎了眼的，不会走道啊！"

"你……你……"他愤怒得脸都变了形，却哆嗦着无法说出完整的话来。

"你什么你，呆头呆脑的，白痴。"

面对那些恶毒的话，他竟无言以对。尘世的生活，常常令他束手无策。

憋了一肚子气的他，喜欢用诗歌表达自己的情绪。诗歌写好了，他大声地读出来，心情也就跟着好了许多。世界照常运转，乌云散去，月朗风轻。

他喜欢的深夜，在不远处，向他递来暧昧的眼神。喧嚣的白昼终于过去，夜晚来临，又剩下他一个人。

他在等待，属于他的那一个时间段。只有在那个时间段里，他才是耶稣，是佛陀，是恺撒，是沙皇，是呼啸而至的飓风，是汹涌而来的大浪。

他一遍一遍地洗头、洗手、洗脚，热水澡泡了三遍，冷水澡冲了三遍，却仍然感到自己的污浊。有一首诗就好了，他想，洗洁精、沐浴液洗不到的地方，一首诗可以。在他看来，世界的某些地方是污浊的，需要用诗歌去清洗。

世界很大，难免会有一些污浊，一首诗，无异于杯水车薪。但他坚信，世人的心，总有一天会澄明。因为美好，就像暗夜里的灯笼，总在黑暗之中给人以鼓舞。

遇见小偷，或者打劫的，他倒是不畏惧，敢于站出来和歹人讲道理，像《西游·降魔篇》里的唐僧一样，试图用《儿歌三百首》去感化这些生活中的妖魔鬼怪，结果自然明了，一幅字帖被撕个稀巴烂。此刻，他应该会后悔吧，后悔自己不会些拳脚功夫，那样总比舞文弄墨来得实在。

他躺在地上，喃喃地说："你们，你们对不起这暖暖的阳光啊。"

“碰上个神经病”，歹徒们不屑于理他，继续为非作歹去了，他们打劫了一个女孩，并且无耻地猥亵着女孩。女孩大声喊着救命，却没人敢伸出援手。

谁也没有想到，瘦弱的他挣扎着站起来，摇摇晃晃地奔过去，挡在女孩前面，固执地劝说着他们。歹徒气急，拿起一块板砖照着他的头拍去，他应声倒下，满头的鲜血，可他仍死命地护着那女孩。有人偷偷报了警，警笛响起，歹徒们落荒而逃。

女孩给他擦拭着伤口，令他感觉到了这个世界的温柔。嘴里却依然说着令人摸不着头脑的话：“看啊，天多蓝，云多白，他们怎么会做那么肮脏的事儿？”

在医院里，女孩天天去看望他，他送给女孩一本自己印制的诗集。第一首是这样写的——

这个世界的污浊，是无法打扫干净的
就像秋天的落叶，无论怎么扫
第二天早上，还会是厚厚的一层
那就在那污浊的地方，种一朵莲花吧
丑陋的、污秽的、不堪的，自会退避三舍
这就是真的引导，善的驱使，美的影响。

一只丢了左耳的猫

有些燃烧是愚蠢的，比如梵·高。

大片大片的向日葵，让思想的冬天提前解冻，梵·高，你激情的燃烧，让众多潮湿的灵魂普照着阳光。可是，一只耳朵能唤醒俗世的爱情吗？梵·高，你愚蠢的燃烧，让岁月的弹孔，在你身上流泻了太多光阴的秘密。

梵·高，我爱你的向日葵，也心疼你的耳朵。爱你对艺术的执着，也恼恨你对情感的偏执。

你无法与人和谐相处，你太过激情，太有自己的想法，而且总要表达出来，不顾及外界的感受。你真的是个疯子，迷恋着自然，无论烈日还是狂风都不会妨碍你表达激情，反而促使你更加激情。不管别人怎么看待你，你都不管，甚至温饱都不顾，只顾追求自己想要的，虽然你知道每一次的努力都是失败，世俗意义上的失败。

你的天才举世皆知。8岁那年，你就画了一幅画：冬天的花园里，一只猫在光秃秃的苹果树上疯狂地飞奔。有人嘲弄那只猫的滑稽，更多的人惊异于这超凡的艺术表现力，这一幅简单的画，为你的震惊世界埋下了伏笔。同时似乎也预示着你一生的走向，一只孤独的猫，倔强、轻盈，但也异常柔弱，容易受伤。

果然，你割下了自己的耳朵，为了那所谓的被嘲讽过的爱情。比起你的画，你的耳朵甚至更为著名。你身上任何一样东西，都是珍宝，而你竟然如此挥霍，令人百思不得其解。你还为此画了一幅用纱布包裹住耳部伤口的自画像，眼神中没有疼痛，只有恐惧，仿佛能倒映出那刚刚消失的风暴的影子。在世界眼中，梵·高疯了。但在这只耳朵的听觉中，世界疯了。那一刻，你变成了普罗米修斯，仿佛在代替整个人类受刑，成为痛苦的化身。你用挣扎的线条与狂舞的色块来表现这个世界的痛苦。

世界没能挽救这个垂危的病人。放下滴血的剃须刀片不久，你又拾起一把左轮手枪。在法国阿尔的一块麦田里，你用那只拿惯了画笔的手，不负责任地对自己扣动了扳机。

有人对此表达了赞许，在他们看来梵·高的心并未死去，鲜血只不过是他生命油彩的一抹情欲染料，是表达自己的一种方式，甚至死亡，也是他生命画笔的惊鸿一瞥，是向日葵之表达的绝作，以身躯做画笔，直至终亡。女作家陈染也为此写过一段话："我不爱长着这只耳朵的怪人，我只爱这只纯粹的追求死亡和燃烧的怪耳朵，我愿做这一只耳朵的永远的遗孀。"

可是我是那么不情愿看到不完整的梵·高，一棵高傲的向日葵，怎么可以，让自己内心的金黄，被挖掉那么深的一个洞啊。

如果可以，我愿意用我的半世光阴，来换你那只耳朵，为你缝合，让你完整。因为我不能接受你的残缺，你是引领人心向上的葵花。

你 8 岁那年画的那只猫早已不知去向，但我肯定它还活着，它不是壁虎，无法重新长出一只耳朵来，但它肯定无比怀念自己的耳朵，因为缺了一只耳朵，它听到的这个世界的声音里，便多了一份诡异。真实和虚空，就更加肆无忌惮地纠缠到一起，变得越来越难以辨认。

一只耳朵，对于一只猫尚且如此重要，对于一个人呢？

公平的阳光

每个人都有那样的日子吧，前途黯淡，心灰意懒，每天怨天尤人，将自己封闭在黑暗潮湿的角落里，不肯向那有光亮的地方回眸，任凭一颗心生满苔藓。

我便是那其中之一。直到有一天，在一个西瓜摊儿前听到一对儿父女的谈话，心上的苔藓才开始慢慢地滑落。

正在埋头吃西瓜的女儿问了父亲一个很值得深思的问题，她问：“为什么有的西瓜甜有的西瓜不甜呢？”

那父亲回答：“甜的西瓜是因为被阳光照耀的时间长。”

“那地里的西瓜不是都在接受阳光的照耀吗？”

“是啊，阳光是公平的，它一视同仁地照耀着那些西瓜，可是有的西瓜怕热，自愿待在阴影里，不肯接受阳光的照耀，所以它们就是不甜的。”

我很佩服这位父亲，能教育孩子于无形之中，并且他的话对我同样适用，令我有一种醍醐灌顶的感觉。

“那我用现在这个不甜的西瓜的籽，明年还种上，它还会甜吗？”女儿接着问。

“当然，上帝给每粒种子的机会都是平等的，是成为成熟的西瓜还是生瓜蛋子，就看你后天的努力了。”父亲回答。在他看来，西瓜也是有心的。有的心是坚强的，有的心是懦弱的。

上帝赐予一粒沙子，人把它变成一堆眼屎，贝壳把它变成一颗珍珠。同样的，上帝给每个人一副牌，有些人拿到了好牌，沾沾自喜，得意忘形之中很有可能因为疏忽而输掉了牌局；有些人拿到坏牌，却认真地去打每一张牌，就会有赢牌的可能。

不论什么时候，都要有一颗向上的心！很多时候，你屈居阴暗的谷底，那是你放弃了攀登，凭什么指责阳光不肯普照呢？

你的身上飘荡着春风

小时候，家里需要一头拉磨的驴，父亲去马市逛了一天，最后却买回来一匹很老迈的驴，母亲埋怨父亲糟践了血汗钱。父亲说，卖驴的那个人领着一个和咱孩子差不多一般大的小男孩，小男孩舍不得这头驴，一个劲儿摩挲着驴头，哀求他爸爸不要卖了。我看他们那副可怜样，一定是家里遭了难或者得了病，能帮一把就帮一把。母亲说，你也没问，怎么就知道人家里有人生病？父亲说，我闻出来的。他把驴缰绳拿给母亲闻，一股淡淡的中药味，说明主人经常熬中药，父亲以此判断他的家人生了病。

只要心怀善念，你可以通过任何方式感知别人的苦楚。

一个冬天，查尔斯·兰姆在街上急急忙忙地走，一不小心滑倒，摔了个仰面朝天。他赶紧爬起来，生怕被人发现。可是抬头一看，一个扫烟囱的小孩正冲着他笑呢：“他站在那儿，用他那黑黑的指头向我指指点点，让大伙儿瞧，特别是让一个贫穷妇人（那大概是他妈妈）瞧，在他看来，这件事太可笑、太有趣，笑得他眼泪都从那红红的眼角流出来了，他那眼睛是因为平时常哭，再加上烟熏火燎，才变得那样红红的。

然而，在万般凄苦之中，他那眼睛还是闪耀出一点儿得之不易的快活的光芒……”这时，兰姆想的是：“一个扫烟囱小孩的嬉笑里是丝毫不含恶意的——只要一个上流君子的体面能够容忍得了，我情愿站在那里，做他的嘲笑对象，一直站到深夜。”我完全相信兰姆这份心意的诚恳，但他的身子骨恐怕吃不消。不过，在这个凛冽的冬天，我能感受到兰姆身上飘荡的春风。

在20世纪三四十年代的中国社会，有一句极为出名的流行语。就是“我的朋友胡适之”。当时，“上至总统、主席，下至企台、司厨、贩夫、走卒、担菜、卖浆一一行列之中都有胡适之的朋友”。作为一个学者，他身处“文人相轻”的环境，但他却能以自己巨大的人格魅力凝聚起了一大批知识分子，做出了许多开创性的工作，建立了巨大的历史功绩。胡适的胸襟阔大，具有伟大的包容精神。他以自己无上的智慧洞悉了人间的光明和黑暗，悟透了人生道路的平坦和困顿，修炼出用自己的胸襟去包容世人，包容宇宙的宗教般的度人济世情怀，获得了社会各方面的高度赞誉。正是靠着这种博大心胸和乐观豁达的精神，胡适得以从容地周转于当时严酷的政治与社会环境，并以自己的地位和努力为众多文化界人士的生存创造了有利的条件。也就是说，在那个动荡的年代，胡适曾向很多朋友或学子提供过无私的帮助。胡适自己也说：“我一半属父母，一半属朋友。”

在陈之藩先生看来，胡适先生的气场一定像是和煦的春风。“并不是我偏爱他，没有人不爱春风的，没有人在春风中不陶醉的。因为有春风，才有绿杨的摇曳；有春风，才有燕子的回翔。有春风，大地才有诗；有春风，人生才有梦。春风就这样轻轻地来，又轻轻地去了。”这是陈之藩在胡适逝世时写的悼念诗。

一个人的人格魅力大抵如此。

安吉拉·卡特写过一个童话：一个冷得直哆嗦的老妇人，问不死的太阳，为什么她总也暖和不起来，就算一件套一件地穿了三件裘皮大衣也还是觉得冷。不死的太阳告诉她——“你得施舍两件给穷人，这样良心就会安稳，就会觉得暖和了。”

为什么你会觉得冷？因为你只给自己的躯壳披了衣服，良心被晾在一边，自然心就凉了。因为，你的身上没有飘荡着春风。

你若行善，不必在意身处何地、何时，只要你身上飘荡着春风，温暖便会从你那里开始蔓延，慢慢铺满整个尘世。

第五辑

我把春天唱得高出鸟儿半拍

这个世界，能留住人的不是房屋，能带走人的不是道路。岁月无法伸出一只手，替你抓住过往的云。如果一切还能重新拾捡回来，母亲，我要去拾取你的笑容、脚步和风，用你的爱做灯油，用你的善良做捻儿，我要点燃它，放到心里。一辈子不忘回家的路。

别踩疼了雪

我和女儿在焦急地等待着一场雪的降临。

雪，只在女儿的童话和梦境里飘过。我一直这样认为：没有触摸过雪花的女孩，永远做不了高贵的公主。我领她到雪的故乡来，就是要让她看看雪是怎样，把人间装扮成宫殿，把人装扮成天使的。

带女儿来北方，就是为了让她看雪。因为我无法为她描述雪的样子，而她又是那么渴望见到它。

雪开始零星地飘起来，我和女儿激动得手舞足蹈起来！

它多美啊，轻盈、飘逸、纯洁，让人爱不释手，让人目不暇接。

女儿伸开手掌。但她马上发现，我们的手掌可以接住雪花，但雪花无法承受我们的爱意，在手掌心里只亭亭玉立了那么一会儿，转眼就消失得无影无踪了。

但女儿并没有收拢她的手掌，她依然执着地积攒着手中的白色花瓣。雪渐渐大了些，女儿小心翼翼地捧着她的雪花，她说要把它带回去，在妈妈的坟墓旁边堆一个大大的雪人。

女儿的话深深触动了我。原来，女儿一直嚷嚷着要来北方看雪，真正的目的还是为了她的妈妈。

我不忍提醒她，我们永远也无法将雪花运到南方去。我总是提醒自己：孩子的心灵是最纯洁的一片雪地，在他们心灵上经过的时候，一定要小心、小心，不要弄脏了孩子的世界，不要踩疼了他们的梦想。

女儿没有见过她的妈妈，在她出生的那一刻，她的妈妈便因为难产离开了我们。仿佛一切都有预感一样，在妻子的日记里，我看到了她写给自己未出生的孩子的信。她说：即使有一天她离开了人世，她的魂魄依然会缠绕在孩子的身边，春天她就是早上第一缕吻着孩子脸颊的阳光，夏天她就是那大树底下的阴凉，秋天她就会变成一朵朵云彩，冬天的时候她就会变成雪花……

每当女儿问我她的妈妈在哪里的时候，我就会对她说，你妈妈离开这个世界了，但她爱我们。春天的晨光，夏天的绿荫，秋天的云朵，冬天的雪花，这些都是你妈妈变的，她一刻都没有离开我们。女儿记住了我的话。在春天，总是太阳刚一露头就醒了，她说妈妈在唤她起床呢；在夏天，她总是习惯把书桌搬到那棵大树底下去做作业；在秋天，她总是趴在窗台上，托腮凝望天上的云。我知道，她那颗小小的心在用她自己的方式怀念着母亲。

可是冬天，她找不到与母亲的联系了。因为南方没有雪。

这就是她要来北方看雪的原因啊！

雪花在天空舞蹈！

天空阴暗得仿佛是大地，大地晶莹得仿佛是天空。

夜晚再黑，也压不过雪的白。

第二天清晨，女儿轻轻推开门，小心翼翼地踩出了一行小脚印。她对我说，“爸爸，顺着我的脚印走，别踩疼了雪。”

那一刻，我看到全世界都是洁白的，包括人类的心灵。

我只想配得上这春天

周末，常征大哥和我说，“春天来了，去郊外走走吧！”

我问：“去了那么多次，就没有看够的时候吗？”

“一朵花，你用心看，每次看都会看出不一样的东西来。”这是他的理论。

为了一朵毫不起眼的小野花，他会趴在地上，屏气凝神，举着相机，认真调着焦距，像捕捉战机的武者，风声鹤唳。

他热衷于旅行，但并不向往名山大川，他只喜欢朴素的事物，比如斑驳的旧城墙，比如古老的木门、磨盘和井，都是他镜头里的主角。他喜欢去郊外，一块石头，一棵普通的花草，都会令他欣喜不已。他喜欢野营，喜欢山里的夜晚，喜欢在帐篷里听着山林里的各种声音。

有一次受邀去乡下一个朋友家，晚饭后，忽然兴起，嚷嚷着要点篝火。遂点了人家半车的柴火，在妖娆的火焰旁，对酒当歌，好不快活。害得人家再不敢轻易邀约。

“春天，怎么可以没有火焰？”酒醒了，他却死性不改。

春天，是花朵的通道。要多少级的地震，才可以掀翻春天？

谁那么羞赧，袖里藏着香，迟迟不肯迈出闺房？谁又那么急不可耐，欢呼跳跃着跑出来？

不一样的花朵，写的是不一样的诗。

花朵无须修饰，一样美丽。

哪一片天，能肆无忌惮地蔚蓝？

哪一朵花，敢破釜沉舟地怒放？

谁又能在春天里说出最大胆的遗愿——我要在春天死去，那样，裹尸布上就会铺满鲜花！

晚饭后和妻子去公园锻炼，春天的气息已经很浓了，树尖上都已经胀满了小芽包，等不及几天，就会像爆米花一样爆出一朵朵鲜艳的花精灵来。

妻子说："我要去买几件鲜艳的衣服！"

一向素雅的妻子，怎么也俗气起来？我充满疑惑。

妻子说："我只想配得上这春天。"

你有没有那样的时刻，想一个人，漫无目的的，想去一个不知道是什么地方的地方。

想要拥抱陌生。

反正我有。不止一次。

那样的漫行，是属于灵魂的乌托邦。

你问我哪里的风景最好，你问我想带你去什么地方。我说，我想带着你去迷路。不要出口，在森林里住下。

或者，带你去乌有之乡。就像真正的香格里拉是乌有的，它在人的心上。每个人都有属于自己的乌有之乡，那是灵魂的桃花源。

去那乌有之乡，去脱离，去洗净，去获得鸟一样的自由。

岳父带来了艾蒿，让我们洗澡的时候，放点儿进去，可以除风祛湿。我才知道，除了驱赶蚊虫，艾蒿还有那么多药用作用。

转过身来，我便羞愧了。因为我每天吃神赐的米和蔬菜，却不如一棵艾蒿草更有用！

山路上行走的人，不外乎那么几种：已经生了病的人，要锻炼，让自己康复；怕生病的人，锻炼身体，爱惜自己；胖子，忙着减肥；瘦子，担心自己胖起来。

而在我的思想里，一个人胖和不胖，完全不是脂肪的多少。活着的人啊，只有用真理束腰，看上去才会显得苗条。

沿途，下水道的井盖都盖上了红纸，我知道，又有一对新人，要打此路过。这是多好的事啊，我忍不住轻触了一下那红纸，我想沾沾喜气。

属于春天的，就任它璀璨；属于海洋的，就任它汹涌。

热闹的街市旁的丁香花落得早，山路旁的丁香，依然盛开，久久不落。

大概，闹市区的丁香，沾染了太多人的味道，那香气便也俗了吧。

风中飘荡的虞美人花，仿佛把美人与末路英雄的对话吹送到我的耳边——“做不成你的虞姬，就开成你金枪上的一点红缨，或者，你剑锋上的一滴血吧。”

杏花是姹紫嫣红里的白，开得浪不溜丢，像旧时烟花巷里的女子手中的白手帕，那么肆意往人身上掸着浓香；桃花是姹紫嫣红里的粉，开得恬不知耻，像醉了酒的浪蹄子，春情荡漾，漫天抛着媚眼。

妻子看了这段话，愠怒道：“不喜欢你为了抬举某一种花而贬低另一种花，在我看来，所有的花都是美好的，它们那么努力地绽放，毫不保留地释放着芳香，多么令人感动，怎么竟换来你这样的描述？”

我的愧疚让脸红了起来，是啊，著名和不著名的花们，都是美好的，都是不容许践踏的。脸上的这朵火烧云，提醒我，至少到现在，我还没有配得上这春天!

走进一棵白菜的心里

秋天到了，东北的街头小巷有两样东西格外多，一是密密麻麻的“花大姐”，在墙上埋头织着一张巨大的花毯，在阳光的余温里苟活；二是卖白菜萝卜和土豆的人，精气神儿倍儿足，吆喝声此起彼伏，把日子搅和出许多热闹的光景来。

因为可以选择，所以每次买白菜，我都要进行一番比较，挑品相好的，个头大的，硬实的，这样的白菜心儿抱得紧，好吃，也放得住，可以吃得时间久一些。我会趁着卖菜人不注意的当口，就势抖落几片白菜帮儿，至少可以掉几块钱的秤。

精打细算总是好的，那是帮你看管好日子的一条忠犬。

也有例外，有一对卖白菜的中年夫妇就蔫吧着蹲守在角落里，男人低头抽着闷烟，女人也不吆喝。两个人又黑又瘦，无精打采的，看不到一点儿生气。问其缘由，才知道他们的秤刚刚被城管给缴了去，因为他们在不允许卖菜的地段卖了菜。城里的禁区太多，条条框框也多，他们就像晕头转向的羊，不知道哪里可以站立，哪里可以坐下。一颗热切的心被泼了冷水，就像饱满的白菜，没来得及收割，早早就遇了霜寒。

“赶紧去交点罚款，把秤赎回来，接着把白菜卖了吧。”我劝着他们，“看，你们家的白菜多好，每一棵白菜心儿都抱得那么紧。一会儿就能卖完。”

许是受了我的鼓励，那蹲着的男人站了起来，掐灭手上的烟，直了直腰，找城管去了。

我注意到那个女人，自始至终，没离开那些白菜们半步，时不时地给它们盖盖被子，好像照顾着自己的婴孩儿，怕它们着了凉似的。这样的举动很让人不理解，天气还没冷到那种程度，即便是很冷，白菜们也不至于那么娇贵，它们差不多是蔬菜里最朴实的一种了。

但是那一刻，我理解了。

前几天刚刚看到一则简短的新闻：一个骑三轮车卖白菜的妇人被一辆轿车撞飞数米，落地后爬起来淡定捡菜。这个短新闻的重点在于“淡定”二字，这出乎很多人的预料，因为在生命还没有确保无虞的情况下，一棵白菜竟然还受到如此“重视”！

那么多的不解，是因为，我们没有走进一棵白菜的心里。

廉价的白菜，别说一车，就是几十车也比不得她狠狠地索要一笔赔偿吧。可是她的生活里，一直以来，就只有白菜，她常年卖白菜，靠这个营生养活了自己和家人，所以，在她的生命里，白菜这个再平凡不过的事物，是和她相依为命的。

别人不懂一棵白菜的重要性，而对于她来说，白菜对她是有恩情的。

收割白菜的季节，精神饱满的白菜最早被运走，赶个好价钱。最后剩下的白菜，人们称之为“扒拉棵子”。没抱成心儿，单薄得像没长成的少女，畸瘦、平胸，不得一点女人的神采。它们中有一些被主人收回家放到大缸里腌了酸菜，另外一些实在不入眼的，只好在大地里度过寒冬了，等待着牛羊们来啃噬。可是不久之后，剧情就反转了，城里人喜欢上了冻白菜的口味，把冻白菜用开水焯一下，炸点儿肉末酱，蘸着吃，味道极好。这下，大地上可怜楚楚的“剩女”们又一次得到了大批量待嫁的好机遇，纷纷走进城里人温暖的厨房。

卑微的人，就如同这白菜，饱满的、扒拉的，都在广阔的大地里，繁衍生息。被栽种，被收获，或者被冷落，一茬又一茬。

卑微的人，没有见过巨款，没有坐过飞机和高铁，他们眼里，更多的是零钱，靠着一棵棵白菜，他们的零钱也可以攒成很多张大额钞票，但转眼就汇去了很远的另外的城市，那里的冬天不冷，四季常青，那是他们的孩子上学的地方。

那个男人把秤赎了回来，我决定过冬的白菜都在他这儿买了。我很小心地搬动一棵棵白菜，轻拿轻放，不会再轻易抖落一片白菜帮儿。我知道，于我，那只是可以让我少付几块钱的白菜帮儿，可是对于那卖白菜的人，那掉落的白菜帮儿，是会喊疼的。

母亲的病友名单

母亲在肿瘤医院住院期间，认识了一些老姐妹。这些癌症患者经常在一起讨论各自的病情，时间久了，慢慢建立起一种相依为命的情感。临回家的那天，母亲与那些病友们相互都留下了各自的电话号码。

母亲眼神不好，回来后让我把那些电话号码工工整整地挨个儿抄下来。长长的一排，算上母亲自己，一共 12 个危在旦夕的生命。

从此之后，家里的电话忙得不可开交，几乎每天都有母亲的病友打来的电话，她们互相询问着病情，嘘寒问暖，相互鼓励，俨然成了天底下最知心的莫逆之交。

我真担心，如果有一天，那电话不再响起，母亲该会有多难过。

母亲每天都会守着电话，害怕错过每一个病友的问候。我对母亲说，“电话上面都是有来电显示的，如果谁的电话没有接到，我们给拨回去不就行了吗？”

母亲说，“不一样的。如果我当时没有接，她们会担心我先走了，会难过的。”

我们决定给母亲买个手机，这样母亲就可以随时随地接听病友的电话了。我把那 11 个人挨个儿存进了母亲手机的通讯录里，仿佛存进去一笔巨额财产。

那是一群在死亡线上挣扎着的人，她们共同筑起了一道生命的墙。

这让我想起了“辛德勒名单”，不仅仅是母亲，那里的每一个人都有那样一本通讯录，那是她们要从死神手里抢回来的生命名单，每个人都是另一个人要拯救的对象。

起初，母亲是悲观的，在治疗上也不大配合我们，总认为自己迟早会死，往自己身上搭钱是浪费。我们用尽了各种办法使她振作，领她去听二人转，鼓动她参加秧歌队，可是都无济于事。后来，我们发现每次只要母亲和那些病友通过电话之后，就会变得开朗许多，心情舒畅。

所以，我们为母亲的手机多备了几块电池，保证母亲的手机一天 24 小时开着。一部小小的手机，分分秒秒传递着生命的讯息。

杨姨是 12 个人中最乐观的一个，其实也是病情最为严重的一个。她的癌细胞已经扩散到了全身。但每次母亲在情绪低落的时候打电话过去，杨姨都会兴高采烈地给母亲讲一些她的“奋斗”经历。每次通过电话后，母亲都会开心好一阵子，因为生命又有了新的希望。

又一个阴雨天，母亲疼得厉害，心情变得很坏。我们赶紧替她拨通了杨姨的手机，杨姨爽朗的声音很快传了过来：“喂，你好啊。我知道你是我的老姐妹。告诉你一个好消息，昨天去医院复查，医生说我的癌细胞控制住了，活个十年八年的不成问题。我现在忙着打太极呢，不和你说了。改天再聊吧！”杨姨的话像连珠炮一样，没等母亲问什么，那边就挂断了。虽然母亲没说上什么话，但知道自己的病友又多了一次战斗胜利的捷报，心里顿时敞亮了很多，感觉身体也不那么疼了。

直到有一天，母亲打电话给杨姨，这次换成一个年轻人接的。他说，“我妈妈去世已经半年了，她在临终前几天让我们替她在手机里录制了几段录音。告诉我们不让关机，免得你们打不进来电话。”说到这，年轻人有些哽咽，“阿姨，我不能再瞒着您了，这半年来，你们听到的，都是我妈妈的电话录音……”

挂了电话，母亲的手开始抖了起来。母亲拿过那本通讯录，用笔轻轻地把杨姨的名字圈了起来。那一堵生命的墙，忽然就裂开了一个缺口。我听到母亲喃喃地说着：“他杨姨啊，你先走了，等些日子，我去陪你。”

我们的心跟着凉了。母亲一直依赖着的希望没有了，她的心会不会就此沉进谷底呢?

结果完全相反，母亲的做法让我们所有人都感到惊讶。一辈子没跳过舞的母亲，让我们替她报名，她要参加秧歌队!

穿着大红大绿的母亲，样子很滑稽，扭起的秧歌也很生硬，但不管在晨曦里，还是夕阳下，我看到的母亲都是最美丽的。我知道，母亲不仅仅是为她自己活着，她在为她的亲人们活着，也为那些“辛德勒名单”上的病友们活着，就像杨姨一样。哪怕让她们多活一天，都是一次成功的拯救。

病情又一次严重的时候，母亲虚弱得很，额头上沁着大颗大颗的汗珠。这个时候，母亲的手机响了，我们知道，肯定又是病友打来的。母亲颤巍巍地接过手机，看了看那个电话号码，马上示意我们静下来，然后清了清嗓子，用比平常高了八度的声音对着电话欢快地喊道：“喂，老姐姐，你好吗?我啊，我好着呢，刚刚扭完秧歌，你看把我累的，气喘吁吁啦，哈哈……”

我们含着眼泪听着母亲在病床上撒谎。我们知道，杨姨走了之后，母亲终于成了那堵生命的墙上，那一块最坚强的砖。

我把春天唱得高出鸟儿半拍

我最爱的春天，来了。

又有谁不爱春天呢？除非，那是个冬眠的，尚未解冻的人。

你便是还没有解冻的人。你说，“不要来救我，我已经废弃了一生！”

“不可以，哪怕所有的门都关紧，我也要给你留一条人间的窗缝，让你看到天堂。”

悲伤总是一闪而过，可是它投下的影子，却很长很长。

我知道，劝你领回阳光的金币，需要排很长的队，耗费我很多月光的银币。

不过，为了一颗心的归来，舍弃几锭光阴，又算得了什么！

我领你去看春天的事物。

领你去看养蜂人，他带着一支支飞翔的针头，给贫瘠的山坡打着一剂剂营养针，让山坡开出更多更绚烂的花。然后，一支支飞翔的针头又变成一支支活着的吸管，把美的精华存储起来，让世界有了甜蜜的念想。只有他见识的花，才叫花朵，只有他耳边的风，才叫吹拂。

领你去看一个美丽的寡妇，她的天虽然塌了一半，但依然果断地站在正午阳光下面，把悲伤拿到炭火上炙烤，直到烤焦，烤到可以吃掉。人们想听她的哭泣，她偏不，反而笑得花枝乱颤。一双儿女茁壮成长，命阴着脸打翻她，她笑着打翻命。

领你去看郊外挖野菜的人，多么稠密的人群啊！他们说说笑笑，欢乐从大地上升腾。我惊诧于这些硬朗的生命，他们中的绝大多数，都如同田野里的蒿草，普遍而不值钱。可是，他们朝气蓬勃。

领你去看春天的早晨的雾。一个孩子坐在母亲的自行车后座，好奇地伸出手去，试图抓到这些无形的雾，可是他并没有如愿。一切是不确定的。天空已经下降到地面，你已经不再是清晰的你。晨练的老人们，远远地走过来，看不清他们的脸，也看不清他们衣服的颜色，但看见他们手里拿着扇子，那定是刚扭完秧歌儿回来，衣服也一定都是鲜艳的。他们的声音是清晰的——“去桃南菜市场吧，那儿的鸡蛋要便宜一毛钱”“豆腐还冒着热气呢，回家就能吃”……这热气腾腾的何止是豆腐，还有生活。

荣荣在《有关春天的歌》中写道：“其实我不是一个出色的诗人 / 我只把春天唱得高出众鸟半拍 / 但这就够了 / 瞧 / 我已惊动了那些冬眠的人……”

但愿，我唤醒了你。

我想趁现在，趁阳光正好，趁微风不聒噪，趁花儿还未开到荼蘼，趁我还年轻，还可以走很长很长的路，还能诉说很深很深的思念，趁世界还不那么拥挤，趁汽车还未开动，趁记忆还能将过往呈现，趁时光没有吞噬留恋，趁心存想念，趁还活着，为自己，疯狂一次，就一次。

我不要做与你对望的那盏灯，我只做你的灯芯。燃烧是我的事儿，决定我燃烧或者熄灭，是你的事儿。

相爱，是一种劳动。有益身心，强身健体。

你看我，多么像你的候鸟，等待着，与你居住。

“都醒了，我还睡着。一切都是新的，唯有我是陈旧的，真对不起，亲爱的。不过我会像古老的瓷器一样，陪伴你，从现在开始，我会把自己拾掇得干干净净，像新的一样，通过我光洁的身体，把每一天最初的一抹朝阳反射给你。”

终于帮你领回阳光的金币。你看，多么值得！我舍弃的那几锭光阴，换回来的，是多少克拉幸福的闪电呢！

我唯一的翅膀在你那里

那一年我上高中，家里正是水深火热的时节。屋漏偏逢连天雨，本来就家境贫寒，又遭遇了一场大冰雹，把地里所有的农作物都打成了残疾，这意味着一年的收成都泡汤了。父亲在一夜之间灰白了头发，不仅仅是为了他的庄稼，也为了那个是否让我退学的难题。

无论如何，也不能让孩子中途退学。这是父亲对我和他自己的承诺。由于生活窘迫，我在学校里处处捉襟见肘，那点可怜的生活费我要精打细算到每一分每一毛。在食堂吃最便宜的饭菜，而且每顿饭都吃个半饱。即便如此，兜里的那点硬头货每月还是早早就“举手投降”了，向生活缴了枪。

同学们自发的一些活动我从不参加，我的“小气抠门”是我的“死穴”，在他们攻击我的时候常常令我无还手之力。但我也有自己的骄傲，那就是我的学习成绩一直名列前茅，还有我的篮球水平，在学校里也是数一数二的，它可以让我一直挺直着腰板，永不低头。

学校里要举行篮球赛，作为班级的主力，我是必须要上场的，可是摆在我面前的一个难题是，我要穿什么鞋子去比赛？我羡慕同学们脚上那一双双白得耀眼的运动鞋，有阿迪达斯的，有匹克的，如果能穿上那样一双鞋子在篮球场上飞奔，该是多么潇洒，多么英姿飒爽啊。

可我只有两双布鞋，脚上的这一双和包里的那双新的，都是母亲自己缝制的，虽说那是母亲一针一线缝制出来的，但我并未感到舒适过。因为它只能踩在家乡的山路上，一旦踏上城市那做了各种标记的马路，我的脚就像踩到了炭火上，格外难受。因为我看到人们看我时总是先盯着我的鞋子看，我看到他们的脚上穿的都是漂亮的鞋子，那个时候我是气馁的，一双鞋子泄漏了我难于启齿的身世：一个穷酸的“土包子”。有一次父亲来，同学们喊我：“你爸在校门口找你。”我问他们怎么知道是我父亲，他们说：“因为他穿了和你一模一样的鞋。”接着是一大帮人肆无忌惮的笑，很坏的笑，能把人撕碎的笑。我看着脚下的鞋子，这贫穷和寒酸的象征，我恨不能一下子把它踢到南极去，让它再也不回到我的脚下。

所以我决定向父亲要一双运动鞋。尽管我知道它很贵，尽管我一向都很乖，很能体谅父母。那些天的夜里，我只做一个梦：我穿着白得耀眼的运动鞋，在篮球场上飞奔。我不停地扣篮、扣篮，我像长了翅膀一样，我飞了起来！

那时我还不知道家里遭了灾，在电话里还不忘跟父亲幽默一把：“老爸，您儿子山穷水尽啦！”父亲对家里的灾难只字未提，装作轻松地说，“别急，老爸明个给你送钱去，让你柳暗花明。”

我没想到父亲会亲自把钱给我送来，往常都是直接通过邮局就汇来了。我埋怨父亲糊涂，不会算账，这往返的路费要比那点汇费多很多呢。可父亲说他是搭别人的车过来的，没花钱。“那回去呢？”我还在为父亲的愚钝不依不饶，父亲却不恼，他一辈子都没有恼过，他憨笑着说，这不顺道还能看看你吗！

梦终归是梦，现实还是把它打回了原形。当我向父亲说出要一双运动鞋的时候，他显得很尴尬，他说他没带闲钱来，他支支吾吾地说对不起。“只要你球打得好，同学们就会给你鼓掌的，谁会在乎你穿什么鞋子呢？”父亲自己都觉得这个安慰有些牵强，所以说的时候声音很小，仿佛自言自语一般。

我哭了，当着父亲的面。其实我完全能预料到那样的结果，父母是没有闲钱买这些奢侈品的。但我还是哭了，哭得很委屈。父亲站在那里，不停地搓着两只手，像个做了错事的孩子，显得手足无措。没和父亲说再见，我扭头就回学校去了。

运动鞋的梦想从此彻底破灭了。我想我不能在全校的同学面前丢丑，不能让所有的人都因为我的那双布鞋而笑话我，我决定退出篮球队。老师找到我，要我说出退出的理由，我支支吾吾地说，只想抓紧时间学习。

其实他们哪里知道，我是多么想在篮球场上奔跑啊！

就在比赛的前一天，门卫打电话过来，说有人找我。我在校门口看到了父亲，他的手里拎着一双崭新的运动鞋，耀眼的白，让我睁不开眼睛。我以为自己仍然在梦中，直到父亲催促我穿上试试的时候，我才敢确定这是真的。尽管不是名牌，但足以令我爱不释手，它真漂亮，我愿意叫它“白色天使”。我忍不住问父亲，怎么舍得花钱买了它？

父亲说，自从那天听了我的心愿之后，他就忍不住去了商场，打听那些运动鞋的价钱，准备回家取钱给我买。可是每一双鞋的价钱都让父亲倒吸一口凉气。在柜台前，他盯着那些好看的运动鞋看，其实是在看他儿子的心愿。正巧人家在搬货，嫌父亲挡道，就一个劲地往边上撵父亲。父亲是个干活的人，看不惯他们干活的样子，像小孩子们过家家一样。他忍不住替他们搬起货物来，以一当仨。搬完后，老板非要给他些酬劳，他却不肯收。他说就帮了这么点忙，怎么好要钱呢？可老板却坚持要给他，他就指了指货架上的那双运动鞋，挠着头，不好意思地对老板说，俺给你干一星期活，换那双运动鞋行不行？老板犹豫了一下，但还是同意了。

那一个星期对父亲来说，是一种多苦的煎熬啊。出力倒没有什么，关键是吃饭和睡觉的问题。因为口袋里没有几个钱，父亲只好每天吃一顿饭，而且每顿饭只吃一个馒头。晚上没地方住，父亲只好到桥洞里去对付，被蚊子咬得满身是包……

“就这样，鞋子到手了。”父亲不无得意地说着。我却再一次流下了眼泪。父亲慌了：“怎么了，不满意这个样式？那我可以去给你换……”我一个劲地摇头，说满意。“都大小伙子了，别总掉眼泪。”父亲怕了一下我的肩膀，说要趁早往家赶，要不晚上就到不了家了。100多里路，父亲坚持要走着回去。

我急了，一把拽住父亲，问他是哪个商场，我要把鞋退掉，为父亲换一张回家的车票。父亲死活不肯，我抱着父亲说，爸，相信我，没有这双鞋子，我一样可以堂堂正正地走路。

那一刻，我感觉自己一下子就长大了，真正地长大了。

那场比赛，我穿着朴素的布鞋上场了。我不停地飞奔，不停地投篮，不断地把球投进篮筐，威力无比，势不可挡。仿佛长了翅膀一样，像是在飞翔。在飞奔的时候，我想到的是父亲，在投篮的时候，我想到的是父亲，我要让父亲知道，我是他最棒的儿子。

从此，我在学校里有了和乔丹一样的绰号：飞人。

从那以后，我更加勤奋地学习。终于在第二年的夏天，考取了梦寐以求的大学。我成了我们山村里飞出去的“金凤凰”，我真的会飞了，是父亲给了我坚强而自信的翅膀。

父亲，我唯一的翅膀在你那里。只有你，可以让我飞翔。

大海也有藏不住的悲伤

女儿喜欢和我捉迷藏，我也就尽力配合她，先把童心藏好，再把天真找到。

女儿喜欢躲在暗处，比如窗帘后面，比如衣柜里，不出声，等爱的人发现。轮到我了，我有一百种躲藏的方法和途径，她却只有一个寻找的方法——“我若叫你，你必须回答。”

所以，不论藏得多么隐蔽，她都会轻而易举地找到我，因为她喊：爸爸。我就得应答：在！

我怕，许多年后的某一天，我躲在相框里，听着她一遍遍地唤我，我却再也不能给予回应。所以，趁着我还在，我要回应她的每一次呼唤。

王伯是我们小区里公认的乐天派，抽了一辈子劣质香烟，他不怕别人笑话他满口黄牙，总是咧开嘴大笑，芝麻大的小笑话也能让他乐得差点儿背过气去。

抽烟是王伯表达快乐或者悲伤的唯一方式，所有人看到的，都是他满口黄牙的笑，却不知道，他把阴影都藏进了肺子里。

医生说，吸烟是他患肺癌的因素之一，但更主要的，是郁结的心情不能排遣，那颗心藏着太多的东西。

临死的时候，疼痛如蚂蚁啃蚀，但王伯没有喊叫，死死地攥着床单，嘴唇都咬出了血。他只想让陪护他的孩子们好好睡一觉，他不想惊动他们。

王伯的孩子们说，父亲死得很安详，没有遭罪，挺好的。

他们看到的只是表面，他们的父亲啊，把生活里所有的阴影和疼痛，都藏进了肺子里，又怎么可能不遭罪呢！

这让我想起我的父亲，小的时候，他爬上一棵树给我摘果子吃，却像一根成熟的香蕉一样，沉甸甸地落下来，也落下了伴随他一生的病痛。他忍着疼，甚至嘴角的抖动，都刻意隐藏，只是额头上沁着一层汗水。看着我捧着大大的苹果啃起来，他发出爽朗的笑声。

这就是我们的父亲，常常是藏住了泪水，藏不住欢笑。

长大后，我领着未婚妻回去见父母。父亲兴奋地去后山的果树下，挖出一坛埋了数十年的老酒。母亲都不知道他啥时候藏的，“你这老家伙，藏得可真够隐秘啊！还有啥事我不知道的？”父亲憨憨地笑着，一副得意的表情，“你不知道的可多着呢！”父亲与我们说着村子里的事情，一桩桩一件件，就是不提自己的老病根，一到下雨阴天就疼痛难忍。父亲把自己的疼痛藏得很深，就像那坛老酒，藏出了满满的窖香。

我知道，父亲藏起伤口，却藏不住伤痛。伤痛张牙舞爪地，霸占着他的一个个夜晚和白天，把他的日子，撕扯得凌乱不堪。

看过一个小段子：高中时一个同学沉迷网络，时常半夜翻墙出校上网。一日他照例翻墙，翻到一半就拔足狂奔而归，面色古怪，问之不语。从此认真读书，不再上网，学校盛传他见鬼了。后来他考上名校，我们问到这事，他沉默良久后说，那天父亲来送生活费，舍不得住旅馆，在墙下坐了一夜。

父亲没有故意和他捉迷藏，他却无意间找到了他。他应该感谢这一次“迷藏”，让他不仅仅找到了父亲，还找到了光。

天下的父亲大抵如此，总是喜欢把天大的事自己独扛，他们固执地认为自己的心如同海洋，可以藏得住一切伤痛，殊不知，海洋也有泄露痛苦的时候，比如海啸时，那滔天的巨浪，就是它再也藏不住的悲伤。

父亲让我学会了隐忍。一些苦难让我彻夜难眠，一些思念，让我独自流泪到天明。但是白天，我要隐藏好这一切，我隐藏起来的这一切，老了，就是我的陈年老窖，也是我味道最好的下酒小菜。

我隐藏起来的这一切，其实，要想找到，方法也只有一个——你若唤我，我必应答。

这是怎么藏也藏不住的爱，就如同大海，也有它藏不住的悲伤。

十三岁的小镇

十三岁之前，我生活在幽静的小镇，十三岁的时候离开，所以，我的小镇定格在十三岁。十三岁的阳光，十三岁的花朵和水，都是如此鲜活，让我觉得，我的小镇是静止的，永远停留在我的十三岁。在以后的人生里，我去过很多地方，也见识过很多美丽的小镇，但没有比我的小镇更适合安顿身心的。所以，我居住在那里，寸步不离，我用我的坚守，换它的永不老去。

三十年之后，我终于回到我的小镇，寻找当年依稀的光影。

我在小镇的清晨见到的第一个人，穿戴整齐，神秘莫测，有一点儿神的轮廓。我怀揣崇敬之心，从他身边悄然走过。

天空还没有大亮，几种不同的鸟声，齐心合力地扯起雾的薄纱，替换掉夜的黑幕，我在清晨见到的第一个人，向一个巨大的垃圾箱靠近，并把自己的上半身，整个扔了进去。如盗墓者一般贪婪，神的轮廓渐渐消散。

除了纸壳、易拉罐和矿泉水瓶子以外，我看到他捡起了一双鞋子。抖了抖上面的尘灰，和自己的脚，比了一下大小，然后收入囊中。我看清了，那是我刚刚扔掉的，还不算太旧的皮鞋。在我这里死掉的，在他那里又活了过来。这猛然让我想到了父亲，一次次检查和筛选我要扔掉的旧物，最后总是有三分之二多，又固执地留了下来。

今天的雾气很重，尽管阳光已隐隐露出头来，不停地催促，可是它们或许太过眷恋这个早晨，一时半会儿还没有散去的打算。我在早晨遇见的第一个人，是个拾荒者，他已经先入为主，掏空了十二个垃圾箱。此刻，他扛起大大的袋子，一头钻进生活的大雾。神的轮廓，再一次慢慢显现。

回到久违的小镇，我出生的地方，依稀可以辨别出来，一座高高的水塔，是家的坐标。

哥哥胆子大，和其他一些胆子大的伙伴们，无数次地从里面攀到上面去玩，而哥哥总是爬到最上面的那一个，王者一般，接受众人的欢呼。

喜欢攀高的哥哥，曾经的志向也是高远的，他说他要考军校，然后当军官，指挥千军万马。后来的事实是，四个孩子不能都上学，为了我们继续上学，作为老大，他选择了放弃，去工厂做了工人，帮父亲一起养家。再后来，他去农村养了一大群羊，没能指挥千军万马，却指挥着一大群羊，做了个“羊倌”，他倒也蛮喜欢的。

大哥小时候是我们兄弟姐妹中最淘气的，所以也是挨揍次数最多的。和大哥提起这些，他说：“没挨过打的童年是残缺的。”这话立刻引起我们五彩缤纷的回忆。对我们来说，挨打是正常生活的一部分，与家庭暴力无关。那是父母一时恨铁不成钢的冲动，屁股挨完几鞋底，全家人依然其乐融融。所以上世纪七十年代的人吃得了苦，享得了福，能屈能伸，很有韧劲。

听老人们说起旧事，一桩桩一件件，仿佛就发生在昨天。我不敢相信时光如此决绝，如同刀刃，闪着令人唏嘘的光。它切开的事物，每一个都淌着新鲜的汁液。

“狗蛋呢？他在干吗？”我问。狗蛋是我的发小，小跟班，不管我走到哪，都步步尾随，形影不离。我和他的友情，就如同狗皮膏药，虽然难缠，但多少可以治愈我孤独的病灶。

“死了，快二十年了。”老人们说。

我怔住了，慨叹命运的无常。我没有问及他死亡的原因，只是觉得，这里面充斥着一个哲学的命题，何为生，何为死，生与死的缠绕，都在于一份念想。这些年，我一直蒙在鼓里，没有人告知他的死讯；这些年，我还时常和别人谈起，我与他的一些往事和片段，甚至于我的文章里，也总是嵌入他的影子。这二十多年才得知的死亡，总算有一个好处，那就是，他，人已死，却在我这里，多活了二十年。

回小镇的这些天，我总是和鸟儿一起醒来，那时，小镇的人还在沉睡，无数盏呼噜声一点点引来晨曦；我总是很晚很晚才睡，听着蛐蛐儿的夜曲，看着月牙在守夜，一颗心无比熨帖。

安宁的小镇，是不忍被打扰的。

永恒是一颗心的事情，与小镇无关。在我这里，它就是十三岁，除此，再无半点多余的话。

天空没有一朵云是脏的

天空没有一朵云是脏的，所有的云都絮着柔情，藏着眼泪。在擦拭天空的同时，它们也在清洗自己，让自己时时刻刻保持着洁白。

我所在辖区的监狱里有这样一个女犯人，总是把自己的头发梳得整整齐齐，衣服也板板整整没有褶皱，一个小镜子从不离身，一有闲暇，便认真检阅一下自己，不让自己有一点邋遢，不允许身上有一丁点的污渍。只是，她是伤感的，一声声叹息就像簌簌而落的叶子，听着不免让人动容。监狱长担心她得抑郁症，让我们多留意她一些，防止她有轻生之念。

她叫云，人如其名，举手投足间尽显优雅，让人无论如何也想不到是个正在服刑的女犯人。

监狱长安排了一次一对一的感化教育，我谈话的对象就是云。这是一次很成功的交流，我们彼此都说了很多。她讲她的过往，一桩桩一件件，虽然有过切肤之痛，但从那痛苦里也磨砺出了一种安静和满足，璀璨如珍珠。只是因为那一次失手，一个完美的瓷瓶就破碎了。

因为自己15岁的女儿被一个小混混欺负，温柔的她竟然拿起水果摊上的一把刀子冲了过去，所幸那个人命大，抢救了过来，却也造成了终身残疾。

温柔贤惠的她，那一刻竟然如同一头暴怒的狮子！

她说自己一直都是女儿的骄傲，可是现在，自己让女儿多么难过啊，以后女儿在同学面前会抬不起头来的，因为有了一个劳改犯的妈妈。

哎！她不免又叹息起来，一片叶子落下来。

她说女儿的爸爸在女儿刚刚 3 岁的时候就出车祸去世了，她始终没有再嫁，自己一个人一边工作一边把孩子抚养长大。外人看来她是清苦的，她却觉得和女儿相依为命很幸福，女儿是她的全部，她的命根子，她不允许任何人伤害她的女儿。所以那一刻脑子里只想着女儿被人欺负了，她要保护女儿，却没考虑过严重的后果。

进监狱后，女儿只来看过她一次。女儿哭着对她说，一个人生活很辛苦，上学经常会迟到，做饭也总是煳锅，好几天没吃到菜了。她心如刀绞，向女儿忏悔：都怪妈妈，妈妈太冲动，犯下这个错误，让你一个人在外面受苦了。

女儿说同学们都知道了这件事，她每天都要被别人的嘲笑和白眼淹没，她正在考虑要不要退学。

她便更加自责，一遍遍地捶打自己。女儿似乎不肯原谅她，从那以后，再没来看过她。

她每天唯一的企盼就是希望能看到女儿，担心女儿会嫌弃她，她总是尽力把自己拾掇得干干净净，不让自己身上有过多的劳改犯的颓废和腌臜。

“女儿会原谅你的，再说，你的冲动也是出于保护她的目的，她会懂的。”我安慰她。

哎！又一片叶子落下来。轻轻的叶子落在她的心头，让她有些无法承受。

“我已经碎了，脏了。”她说。

“不，你没有碎，你仍是完整的。”我说，“你见过天空上有脏兮兮的云吗？”

她自嘲一般地说：“其实云也有脏的，比如乌云。现在的我就是乌云，表面上看干干净净，事实上却已经脏了。”

“不，”我纠正她，“乌云不是脏，它是在孕育一场雨，一场雨过后，它会变得比以前更洁白。你的女儿也肯定会喜欢这朵比以前更洁白的云。”

“你是说，我的孩子会原谅我，还会来看我，是吗？”

“当然啊，不信你看，那是谁？”我用手指着窗外正一路小跑着向这里飞奔的一个婀娜多姿的少女，像一只蝴蝶，扇动着满世界的香气。

“是我的宝贝女儿。”她不停地擦拭着眼睛，不敢相信这是真的。“这到底是怎么回事啊？”

“都是监狱长想得周到啊。”我告诉她，“从你进来的那一天开始，监狱长就一直很关注你，看你行为怪异，担心你会想不开做傻事。得知你有一个相依为命的女儿，就去你女儿的学校做她的工作，还和学校的校长老师们说了你的事情，让他们理解你一个做母亲的心。现在，学校里的孩子们已经不再排斥你女儿了，你女儿的学习成绩也稳步上升。你女儿还说，等成绩单出来了，要拿给你看呢！”

我看到她的眼泪不可遏止地涌出来，我击中了她心底最柔软的部分。

看着她和女儿紧紧相拥在一起，我终于松了一口气。

这次感化教育，让我深切体会到，每个人的心都或多或少有一些污点，但是只要懂得用忏悔的手帕去擦拭，那颗心就一定还会干净如初。

就像天空的云，没有一朵是脏的。

落叶是疲倦的蝴蝶

夕阳老去，西风渐紧。

叶落了，秋就乘着落叶来了。秋来了，人就随着秋瘦了。

随着秋愁了。

但金黄的落叶没有哀愁，它懂得如何在秋风中安慰自己，它知道，自己的沉睡是为了新的醒来。

落叶有落叶的好处，可以不再陷入爱情的纠葛了；落叶有落叶的美，它是疲倦了的蝴蝶。

我甚至感觉到落下来的叶子们轻轻地叫喊。

那一刻，我的心微微一颤，仿佛众多纷纷下落的叶子中的一枚。

我看到了故乡，看到了老家门前那棵生生不息的老树，看到了炊烟因为游子的归来而晃动。对于远走他乡的脚，对于飞上天空的翅膀，炊烟是永不能扯断的绳子。就像路口的大树，它的枝干指着许多的路，而起点只有一个，终点也只有一个，每个离开村庄的人，都带走了一片绿叶，却留下一条根。

我看到了故乡的山崖，看到石头在山崖上，和花朵一起争着绽放，看到羊在山崖上，和云一起争着飘荡。

我看到了我的屋檐，冬天时结满冰凌，夏天时絮满鸟鸣，一串红辣椒常常被看作是穷日子里的火种。守着屋檐上下翻飞的麻雀，总是那么和谐地与庄户人家好好地过着日子。

时时刻刻缠绕着那颗在路上的心，就是这个屋檐。

我看到了母亲，为了不让我们在冬天里挨冻，她拾起一节节枯树的枝丫，犹如把那些破碎的日子一一点缀。然后，把温暖交到我们手上。

母亲的柴垛越码越高，母亲却越来越矮。

我看到母亲那双干瘪的乳房，像两只残缺不整的讨饭的碗，却为我们讨来了一生的盛宴。

母亲在灶坑底下点燃的红色的昏暗的火焰，成了那些夜里我们唯一可以依靠的小小肩膀，唯一可以握住的暖暖的手。

叶落归根，是我老了吗？我们花了很多时间去争取财富，却很少有时间享受；我们有越来越大的房子，但却越来越少地住在家里；到月球去然后回来，却发现到楼下邻居家都很困难；征服了外面的世界，对自己的内心世界却一无所知。

远行的人，是什么声音使你隐姓埋名，是什么风向将你吹往他乡？秋天就是这样，把叶子纷纷抖落，把人的思念纷纷挂上枝头。

是该回去了，去看看那棵生下我、让我因成长而绿又让我因成熟而黄的大树。还有在落叶里沉睡着的母亲。

母亲，我匆匆的脚步就是您密密缝合的针脚。

母亲，背着破烂行李的我要归来，找到了天堂的我也要归来。

一层层落叶铺在回家的路上，我要踩着温暖的地毯去看望母亲，母亲也像这落叶，从灿烂的枝头缓缓地落下来。只是，她没有再醒来。

这个世界，能留住人的不是房屋，能带走人的不是道路。岁月无法伸出一只手，替你抓住过往的云。如果一切还能重新拾捡回来，母亲，我要去拾取你的笑容、脚步和风，用你的爱做灯油，用你的善良做捻儿，我要点燃它，放到心里。一辈子不忘回家的路。

天冷了，树的叶子落下来，树离我很近。我似乎听见了它们在缓缓凝固。

天冷了，它们一排一排站着，心中坚守着的秘密一阵阵地疼痛起来，但叶子落下来，掩盖了一切。

母亲去了，心灵没有了依靠，一下子就有了那种到处漏风的感觉，可是大风一直在刮，把故乡周围的尘土刮了个干净。我小小的故乡正在被秋天所包裹。

母亲的坟上有一棵树，那是我写给母亲的诗。每到秋天，叶子们就纷纷落下，把母亲的坟头遮盖得严严实实，那些在风中微微呻吟着的落叶，远远望去，像一群疲倦了的蝴蝶，静静地收拢着它们一生的美丽瞬间：一朵红晕，一个誓言，或者是简单的一声叹息。

旧　香

我到了你的城市，我离往事很近。

我不奢望见你，我只在你的城市徘徊，这个城市有你的味道，飘在每一寸空气里。

我到了你的城市，在清晨。傍晚就离开，什么都不做，只在街角的咖啡店里，独坐。

我闭上眼睛，感受你的气若游丝。

咖啡店左边的那棵古槐，落下的叶子，和那一年的很像，泛着黄，披着黄昏的裳。

咖啡店右边，还是那家古玩店。门庭冷落，不知店主在靠什么维持着生意，没有倒闭关门，莫不是冥冥中等着我再来望一眼的吗？

记得你在那里拿起过一对泥偶，还想起了一首诗：

我讨厌男女之间门当户对
到了第二天就闹别扭的那种结合
如果你是钟楼上的钟

我愿是钟的声音
如果你是一支曲
我愿是那支曲的词
如果你是一只柠檬
我愿是镜子里的柠檬
我们静静地互相对看
在心灵的世界中
你我将永远是孩子
我们在一起玩烧饭的游戏有什么不好呢
潮湿的坐垫发出气味
屋檐像眼皮那样沉重地挂落
我们不可能住在一间屋里
这就有必要去烦恼什么吧
瞧吧我们多么像一对古装偶人
并排盘腿坐着
只有我们这儿的黄昏才高兴地停滞下来
而樱树的花瓣却在纷纷凋落

岁月，让很多东西都贬值，比如衰老下去的身体，比如很多年苦心积攒下来的几处房产，可是古玩店里的旧物，却闪烁着夺目的光焰。岁月，是给这些历久弥新的美人们描的唇彩，涂的腮红。

这么多年，这些与你有关的旧物，都还在。虽失去了勃勃生机，却也没有腐烂。认真地嗅一下，会闻到旧物里盈满的香气。哪怕随手记下的一段话，一张便笺，都能勾起回忆。

分手了，你还记得他吗？不止一次有人这样问。问我，问你，问他们自己。

网络上很多关于对“前任”的阐述，最精妙的莫过于“电线杆”之说了——

“对于前任，说记得显得太花心，不记得显得太薄情，其实那个人好比走路撞上了一根电线杆，很痛，以后走路都会绕着电线杆走，可能很久以后都不记得有多痛了，可是，那个电线杆永远都在，总有一个前任是你卡在嗓子里吐不出来的。其实，真正忘记一个人，不是不允许被提起，而是敢于去回忆，即使相见也可以谈笑风生，心里都不会再起一点涟漪。”

纪念那个人，并不是因着情感悲痛而难以为继，如若再不写一些纪念的文字，时间倒要将他们冲淡，自己倒要将那些前尘往事忘记了。其实每个人也不外如此。有些以为自己可以终生铭记的，不知不觉黯然淡忘，而有些过往岁月当中的小动作、小细节，却会在某一个时候，突然清晰在目、栩栩如生。属于你们的私密对话，属于你们的一首歌，你们都爱的颜色，常常走的那条小路，甚至都喜欢的某一句成语、某一段歌词……到最后，你发现自己不自觉地在往那些东西上靠拢，一切习惯都变成对方的影子。或许一切都已时过境迁，你的世界早已不是睁眼闭眼都是他了，可是偶尔地，走在路上，看到一个相仿的影子，听到一个相仿的声音，一切又排山倒海地回来了。

如是，请念及旧香，而不是旧里的腐烂气息。

我还会抵临你的城市，还会一次再一次地向往事靠近。但绝不惊扰你，即便是风，我也微微地吹，不会再碰落你的一片羽毛。

我还会去古玩店流连，在我的记忆里，你和那些青花一样，是历久弥新的美人。

当荒谬的光照彻大地

莫尔索是阿尔及尔一家法国公司的职员，他接到离阿尔及尔 80 公里的一个养老院发来的电报说他母亲死了。他请假到了养老院，糊里糊涂地看着别人安葬了他的母亲，他只觉得很累，不想在封棺前再看一眼母亲的遗容，也不知道他母亲到底多大岁数。

下葬的第二天是星期六，不上班。莫尔索到海滨浴场去游泳，碰到了从前的女同事玛丽，两人一起游泳后，晚上又看了一场滑稽电影，然后留玛丽过了夜。

莫尔索的生活十分单调无聊，于是他和同事去追赶一辆卡车取乐。他有个邻居叫雷蒙，被情妇的弟弟痛揍，想让莫尔索代笔写封信把她臭骂一顿。莫尔索答应了，其实他对于做不做雷蒙的朋友是无所谓的。

玛丽到星期六又来和他一起游泳，还问他到底爱不爱她，他觉得这种话毫无意义。雷蒙和情归打架，惊动了警察，雷蒙要莫尔索到警察局去为他作证，莫尔索也觉得无所谓，反正照雷蒙要求的意思去说好了。

老板要莫尔索到巴黎的分号去工作，莫尔索觉得在哪里生活都一样。晚上玛丽来问他愿不愿意和她结婚，他说这个问题毫无意思，她要结婚就结婚好了，这毕竟不是什么严肃的大事。

莫尔索为雷蒙作证之后，雷蒙情妇的弟弟带了一群阿拉伯人来报复，在海滨和他们打了一架。雷蒙被刺伤了胳膊，把手枪交给莫尔索，莫尔索不知道应不应该开枪。后来他被太阳光晒得头昏眼花，感到天旋地转，恍惚之中向刺伤雷蒙的阿拉伯人开了5枪。

莫尔索因为杀人被捕，又不愿按照法官的意思向上帝忏悔，于是案子拖了11个月。他逐渐习惯了监狱的生活，时间对他已经没有什么意义了。最后，检察官指控他在母亲死后不但不哭，还和女朋友去看滑稽电影，乱搞男女关系；为了逃避责任，还作为靠女人生活的雷蒙的同谋从犯去蓄意杀人，因而没有一点人性，是一个人面兽心的动物，是一个妖魔。法庭据此判处莫尔索死刑。他自己并不感到后悔，只是对检察官这样缠住他不放感到惊讶。

莫尔索拒绝向神父忏悔，他觉得20岁死和70岁死没有什么区别，像神父这样活着也等于一个死人。但是别人的死活也好，母亲的慈爱也好，对他都没有什么意思了，有一股气息会把生活的岁月吹得一干二净。临刑前莫尔索闪过愿意重新生活的念头，但他仍然觉得现在也是幸福的，想到受刑时会有很多人来看，来咒骂他，他感到自己并不孤单。

这是一个充斥着黑色味道的故事，我看到了荒谬的光，横穿而过，在这束光面前，人是多么渺小而无奈。多少人在这尘世，接受着命运的戏耍与摆布。

这是加缪的小说《局外人》的梗概，其实，在他所有的小说里，都跳跃着一只叫“荒谬”的兽。西西弗、卡利古拉、梅里埃……无不如此。

文字里的人物是荒谬的，生活中真实的他自己也是荒谬的。

他是与文学沙龙、文学名人、荣誉、勋章保持距离的“局外人”，但他的思考却深入到了现代社会的腹地。

《杰拉米的风》中有这样一句话：“我距离世界越远，我就越害怕死亡，因为我关心活着的人的命运，而不是静观永世长存的天空。”

按照萨特的说法，加缪的哲学是“肉感”的，充满了对于尘世的眷恋和对于生命的爱。但是这种对实在之物和可亲近之情的爱并不是盲目的，而前提是对于生命无常、命运荒诞的觉醒。正如加缪自己所说“若没有对生之绝望，就不会有生之爱”。加缪永远置身于苦难、阴影、死亡之中，而正是因为有了前者，与之相反的幸福、阳光、生命才更显珍贵。“光活着是不够的，还应该知道为何而活。”

加缪10个月时父亲便在第一次世界大战中负伤身亡，使他“从来没有与那位素不相识的父亲哪怕是从理论上接近过”，使他一辈子都有一种解不开的父亲情结。外祖母粗暴、傲慢、专横，对孩子非常严厉，有时甚至用牛筋鞭子抽打他们，一点也不善良。温柔的好母亲却不知道怎么疼爱孩子，结果也是麻木不仁，只能眼睁睁地看着孩子们被打。“家”在加缪的眼里成了“一个贫穷、肮脏、令人厌恶的地方”，在那里，“苦难代替了团结”。

成人后他依旧没有摆脱荒谬的命运。结发妻子西莫娜曾是阿尔及尔全城追求者最多的姑娘，但由于有痛经的毛病，从14岁开始，她就注射吗啡，慢慢上瘾。为了获得她需要的毒品，她常常去勾引年轻的医生。加缪以为结婚后能治愈她，可她恶习不改，继续吸毒，服饰、行为也非常荒诞，被加缪的朋友说成是“从《恶之花》中走出来的女人”，加缪烦恼不安，西莫娜也越来越冷淡，最后两人的关系恶化，无法挽回。很难说加缪与西莫娜的奇异生活对他日后的创作产生什么后果，在他当时与后来的作品中，他都竭力避免任何与妻子相似的人物。可婚姻失败却对他的人生产生了巨大的影响，他一再承受着失败婚姻带来的伤痛和孤独的冲击。从此，他那种异乎寻常的傲慢、过分的敏感和“非洲人脾气”暴露无遗，成了一头“有非凡勇气和傲慢灵魂的斗牛”。为了报复西莫娜使他蒙受的创伤，他拒绝与一切女性保持持久专一的关系，成了一个勾引女性同时蔑视女性的“唐璜”。只是到了很久以后，他才找到那个“具有灵魂、能与之做爱、与之交流、一起散步”的终身伴侣，她就是那位聪明漂亮的奥兰姑娘弗朗辛。

加缪曾说：“在我看来，没有什么比死在路上更蠢的了。”命运之神却跟他开了个玩笑，偏偏让他死于车祸。1960 年 1 月 4 日，他坐在米歇尔 · 伽里马的汽车上，由于下雨路滑，汽车撞在了路边的树上，加缪被抛向后窗，脑袋穿过玻璃，颅骨破裂，脖子折断，当场死亡。

哲学家们一本正经，严肃认真地规范着世界的秩序，却常常有荒谬的光乘隙而入，搅乱夜晚与白昼，那看似顽童和大人们玩的恶作剧，给人世产生的裂痕却久久无法愈合。

荒谬，是命运的嘴角，最诡异的笑。有两个人，敢于去揭发它，撕破它——让 · 保罗 · 萨特和阿尔贝 · 加缪，显然，后者更加勇敢，并且亲力亲为，犹如为成群的食客们抢先品尝菜肴一一试毒。

加缪曾经说过，所有伟大的事迹和伟大的思想都有荒谬的开头。而此刻，他的结尾也完全如此。荒谬的光照彻大地，从头到脚，照彻他的一生。

落　日

落日是一场盛宴。豪华得有些炫目，足够耗尽大半生的心血。

比起日出，我更愿意去看日落。悲壮的落日，如同撞礁的豪华巨轮，我仿佛听得见排山倒海的哀号。在那片凋落的红里，我妄图打捞一个个年轻的名字，打捞那些不堪的经年往事。可是，我的网破了，千疮百孔，捞不起一尾游在美好时光里的鱼。

最好有风，可以安慰我，天堂有路；最好有酒，可以提醒我，地狱无门。

落日如同母亲。我急速衰老下去的母亲。捧着落日，如同捧着母亲沧桑的脸。灿烂的霞光，是她的回光返照吗？

落日尽其所能，为我绽放万道霞光，那是它赐予我的针线，我用它缝补我的网。我相信，终有一天，我会打捞出属于我的美好。

我看到蹒跚而过的一对老人，手牵着手，尽力在握紧所剩无多的时光。老头是个乐天派，不时在老伴儿的耳边说着什么，竟把老太逗得大笑了起来。这样的落日，不悲凉。这样的落日，是暖的。

我想象着我的落日到来的那一天，有什么可悲凉的呢？我从青春里搬来太多的柴火，足够暖我余下的人生。一颗心，自有一颗心的逍遥，就像我的身体到了秋的疆域，心却可以永远漂泊在春的草原，夏的湖畔。

把落日装进篮子，晚间的餐桌上，就多了一道味美绝伦的菜。

把落日揣进口袋，密密麻麻的通讯录里，它就排在了第一位。

把落日别在胸前，那是岁月颁发给我的勋章。

把落日捧在怀里，它的余热刚好温着一颗，被尘世泼了水的冷凉的心。

祖母临终的时候，面对不停哭泣的我，劝慰我说，“孩儿别哭，奶奶老了，总有走的一天。就像那日头，每天都有落的时候，难不成你每天晚上都要为它哭一场吗？”

是啊，每天的落日都是一场对悲伤的预演。祖母这样的解释令我释怀，浓浓的已结了冰的悲伤，终于被一点一点化开，我竟然破涕为笑。

终于知道，亲人走了，亲情的暖，却永远不会消散。就像祖母的日头落了，余温尚在。在那余温里，我尚可以做一个个温馨可人的梦。

落日是大爱的传播者。落日咯血。落日用尽全力，掏空自己所有的金黄，就像一只暖瓶，打碎自己的胆，释放里面的热，不怕烫伤自己，只为捂热接下来的黑夜。因为那夜里，还有很多无家可归的人，还有很多扇挡不住风的窗子。公园的长椅上还有很多没有被子盖的人，桥洞下面还有很多受潮的七零八碎的梦。蛐蛐冷得发抖，远不如萤火虫聪明，萤火虫未雨绸缪，天黑之前搬了很多柴火回家，尾巴上的一点亮光，是落日给弱小者的一点安慰和忠告。

落日穿针引线，不停地缝制一件叫岁月的衣衫。是的，落日只负责穿针引线，不负责悲伤。落日只是给你练习悲伤用的，因为它总是不忍看你哭泣，还会在第二天原样奉还你一轮出浴的朝阳。

落日飞翔，但你看不见它的翅膀；落日游动，但你看不见它的尾鳍。

落日，是所有人的母亲。她的翅膀下，孵着黎明。

宝贝，诀别是为了让你更好地成长

那个多年以前的故事了，可它至今仍深深震撼着我：一名叫辛嘉·艾文林的挪威妇女为了拯救身患肝癌的女儿玛花，为她捐献自己的肝脏，竟从容开枪自杀。那瞬间划亮欧罗巴夜空的一声沉闷的枪响，足以震撼世界上许多善良的心灵和麻木的神经。

这几乎是一个众人皆知的故事了，重新提起旨在唤醒人们对伟大母亲的爱。故事的情节不在这里做过多的叙述了，我只是怀着崇敬的心，猜想她临终前想对女儿说的话。她有太多的话要和女儿说，反而无从落笔，最后竟只留下一句话："宝贝，诀别是为了你更好地成长……"我知道，一支笔根本无法承担那份母爱的重量，但我依然要顺着爱的轨迹，梳理出人世间最美的一封信——

宝贝，妈妈要和你变成一个人了。只能这样，否则我们谁也无法在这个世间存活下去。如果你不在了，妈妈的生命将毫无意义。所以，妈妈要把健康的肝脏留给你，让你好好地活着，而妈妈的爱，永在。

宝贝，妈妈爱你。但妈妈只有这样才能救你，这是唯一的办法。妈妈既然让你诞生，就会让你健康地成长，可以给你眼泪，可以给你鲜血，也可以用我的生命再次将你诞生。所以，你不要为妈妈难过。不管怎么样，妈妈还有一样活着的东西在你身体里，而且会一直跟随着你生老病死。

宝贝，妈妈在你身体里，你不知道那样多好：可以在早晨叫醒你，免得你这个小懒虫总是喜欢赖在床上不起；可以提醒你吃早点，我早就知道，你有不愿意吃早点的坏习惯，总是偷偷地倒掉你的牛奶，偷偷地把面包塞进“芭比”狗的嘴里，“芭比”狗被你喂得臃肿不堪，难看死了，你该想办法让它减减肥了。

宝贝，你在课堂上学习，妈妈就在你的身体里为你加油；你在操场上奔跑、玩耍，妈妈就在你的身体里跟着你跑，跟着你疯。那样多好！你要坚信：你比别的孩子都幸福，别人的妈妈只有放学的时候才能来接他们，而你的妈妈是随身携带着的。

宝贝，妈妈会在每个夜里提醒你早点休息，妈妈会看着你睡觉，用我不息的搏动做你的催眠曲，做你的钟声。等你睡着了，妈妈就到你的梦里去。一切都没有改变，只是我们拥抱的方式不同以往，妈妈再吻不到你的头了，你不知道，你头发的味道有多好闻，清清的馨香像我们后花园里的那些草叶和花瓣。

宝贝，从今以后，妈妈就住进你的身体里了，那里就是妈妈的后花园。妈妈会帮你打扫里面的灰尘，帮你赶走害你疼痛的病菌，再也不让你生病，那该死的肝癌折磨了你那么久，妈妈也跟着你痛不欲生啊。

宝贝，妈妈并没有远离你，妈妈把所有的爱都融进那颗肝脏里，会因为你的存在而存在。会陪着你，一直到生命的离去。所以你要好好地活着，为了妈妈。只有你幸福地活在人间，妈妈才会在天堂做个快乐的天使。

宝贝，妈妈短暂的离开，是为了以最好的方式靠近你。一会儿我们就会融合到一起了。阳光真耀眼啊！枪响了，但没有疼痛。世界一下子就黑了。

宝贝，等着我，妈妈来了，一会儿就是光明……

合上济慈，翻开雪莱

恍恍惚惚，如同隔世。倦怠的心，正在褪尽最后一层艳丽，只剩下舞蹈的紫，孤零零地在风中飘荡，犹如生老病死的叶子，诞生时没有喊叫，死去时没有挣扎。

心在秋天，所以心疼紫色，那忧郁的被霜侵袭过的紫色，时时翻开我的心事。

秋天的玻璃，透明如无。一个呼吸，让它浸染朦胧。我的爱，被它照出来，湿漉漉，等着阳光来烘干。

我的爱还能烘干吗？秋天的艳阳高照，我却躲在背面，任心底生满回忆的青苔。

支离破碎的记忆，慢慢织成一幕诀别的悲剧：爱，向生活低了头。

秋天的花朵，嘲弄似的，向我这个低头的人炫耀它们的烂漫。它们似乎知道自己注定要颓败，所以开得肆无忌惮，恬不知耻。

我的诀别，不像云朵，从挥动的衣袖中缓缓飘走，那是诗意的诀别；不像葡萄，鼓胀着欲破的身体，被人摘取，那是喜悦的诀别；不像叶子，从树枝上掉落，投入土地的怀抱，那是幸福的诀别。

我在秋天里的诀别，是不堪回想的哀伤。

犹似这紫色，是凝固的音乐，是被压住翅膀的蝴蝶，是突然断掉的弦。

紫色，让我想起一个英年早逝的诗人——济慈。

如果说雪莱是春天里歌唱的云雀，那么济慈就是秋天里舞蹈的叶子。少年时便已成为孤儿的济慈，这紫色的秋天的叶子孤零零地在那里舞蹈，妄图扇动出一点火焰，暖他那颗忧伤的心。

在英国的大诗人中，几乎没有一个人比济慈的出身更为卑微。他短短的一生，似乎都是紫色。而那紫色中弥足珍贵的那一丁点绚烂，来自于他至死不渝的恋人——芬妮·布朗。他在给芬妮的信中写道：我在一个农民的小屋中，对着一个很方便的窗户坐下，举目远望，只见美丽的山峦和茫茫的大海相映成趣，并入眼帘，真可谓良辰美景啊。如果不是回想自身的一种压迫感，那么，我看书、遨游在这美丽的海岸上，享受着上述的快乐，不知我会怎样富有坚韧不拔的精神呢！我从来没有像这样欢乐过。死亡和疾病包围着我，把我的时间耗费了，现在这样的烦恼虽然没有压迫我，但另一种痛苦又来骚扰，以至我无法忍受——这也是你必须承认的。我的心上人，问一问你自己，你这样羁绊着，这样破坏着我的自由，这是不是十分残酷？如果你愿意在一封信中承认这一点，请立即写信给我，并请力所能及地安慰我。

你的信必须情感丰富，就像吃鸦片烟一样，能让我沉醉——你要用甜蜜的语言，并且要向它们亲吻，以便让我的嘴唇发现你的嘴唇的痕迹。

至于我吗，真不知道该怎样向一个美丽的人儿表示我的热忱。我用一个光辉的字，不过只是光辉；用一个美丽的字，只不过是美丽罢了。我真愿意我们能够变成翩然双飞的蝴蝶，哪怕只是在夏季生存三天也就够了——我在这三天中所得到的快乐当比平常五十年间所获得的快乐要多得多……

他们在那短短的美好时光里互相传递着爱的“鸦片烟”，直到济慈那封最后的信。最后的信是这样的：“芬妮，我的天使……我将尽力安心养病，就像我以整个身心爱你一样……我决不会……跟你诀别。”然而，不到半年时光，年仅二十五岁的济慈，这棵“用露珠培育出来的鲜花”（雪莱语），却长眠于罗马，而他对芬妮的爱情，却似银河中的星星一样，永世长存。

最近看到一篇文章说，紫色是最容易褪色的，因此日本人结婚绝对不穿紫色的衣服，甚至包装礼物也不用紫色，以预示不能天长地久。没想到它竟然像咒语一样在一些人的世界里应验了，一个人可以消失得那么快，消失的痕迹就像窗台上那盆忽然枯萎了的紫菊花，连残余的花香都被风撕碎了。

芬妮是幸运的女子，得到了济慈的爱。济慈曾经说过：“我见过一些女子，她们真诚地希望嫁给一首诗歌，却得到一部小说作为答案。”济慈永远不会是小说，他永远都是芬妮心中的诗歌。

忧郁会使人歌唱，悲伤会使人舞蹈。就像这秋天，灿烂的阳光被收割，温暖也被大雁们齐心协力运到了南方，可是剩下的紫色，仍然在风里生生不息地舞蹈。它让人相信，在即将到来的冬天里，只要你把炉火点燃，不停地往里面扔着柴火，就可以温暖自己，守住一个属于你自己的心灵的童话。

济慈是我心灵上的一片紫，但毕竟不是我的榜样。人会失去一些东西，也会找回一些物件。不必非要顺着脚印往回走，要知道，前面的纸更洁白。秋天要过去了，还是合上济慈，翻开雪莱吧——

冬天来了，春天还会远吗?

一支倾听黑暗的蜡烛

临终时，祖母颤巍巍地示意我们点上一根儿蜡烛，说要和它一起熄灭。我不知道祖母此举有何深意，只知道那个时候经常停电，而一根蜡烛的价钱是五分硬币。

用五分硬币换来祖母临终前的一段光明，我觉得也算蛮值当的。

祖母望着蜡烛，眉头舒展，窃贼瞄见金子一般，灵光乍现，随即又仿佛一个跋涉了许久的旅人到达了目的地，长舒一口气，卸下所有。

祖母没有活过那根蜡烛，先它一步，咽了气。祖母的脸上露出久违的微笑，酒窝像一朵莲花。她奋力伸出手去，骨瘦如柴的手，指着我们。像菩萨的手，伸到我们中间。

祖母去了，电却来了，电灯照亮所有人的忧伤，却再也照不亮祖母的前额。

父亲吹灭了蜡烛，说，“留着这根蜡烛，等出灵的时候，点着它，给你奶奶在那边照个亮儿。那边太黑了。”

那边是哪边？父亲又没去过，怎么就知道那边是黑的？年少的我满是疑惑，可是看着一张张因为悲伤而严肃异常的脸，我又不敢问太多。

当时的我看祖母，更像一个巫婆，她告诉我不要用手指着彩虹，她说那样手指会烂掉。孩子的心，总是相信这样的话，竟然，有好多年，我真的不敢用手指着彩虹。每到给先人上坟的日子，她还告诉我，烧了纸不要回头，回头了鬼魂就会跟上来。我便吓得真的不敢回头，哪怕现在还是。这些我都信了，可是，为什么偏偏就没有相信她临终前用干瘪的手轻拍我的脸，说的那句话呢？她说："莫哭，莫哭，奶奶只是去睡会儿。"

这一睡便是长眠不醒。很多人的一生，没有长过一句简短的歌词。

父亲似乎看出我的疑惑，接着说，"你奶奶这一辈子苦啊，在晦暗的地方待得时间太长了。"

祖父和祖母结婚一年后便当了兵，然后杳无音讯，祖母一生没有再嫁，独自一人养大父亲和叔叔。因为祖父当的是国民党兵，所以"文革"的时候免不了受了很多红卫兵的"声讨"和欺辱。祖母忍受着尘世带给她的一切苦楚，正如她那苦命的村庄，终日沉默，一言不发。只有无限猛烈的狂风抽打它时，它才勉强挣扎一下。

是的，偶尔她也会喋喋不休地怨恨："你个傻瓜蛋子，哪怕当个逃兵也好啊，不知道家里有个等你的娃儿吗？"

她在村庄里扎下根去，哪都不去。她说就算临死前最后一刻，也要等着祖父，她就那么执拗地信着，祖父还活着。

那段日子，祖母常常去当铺。从最开始的手镯，到后来的银饰，甚至她最割舍不下的香炉，银制的烟袋锅，都一一典当出去，只为了让她的孩子们不挨饿。为了孩子，她把自己典当得干干净净，空剩一副嶙峋的瘦骨。

老了，本想着该享享清福，却不想又得了重疾。

祖母卧床不起，躺在床上，谁都可以推开她的门进去，看她躺在床上的狼狈的样子。尽管在她年轻时，扣个扣子都要避开人的眼睛，更不会像许多女人那样，在人前奶孩子。日子再穷，祖母都不会让她的衣服有一点脏和一丝褶皱。

“离远点，我身上臭！”她老人家总是这样对我们说。

祖母是个极其干净的人，大家闺秀，年轻时候有洁癖，她的床，别人坐过之后，她都要重新洗一遍。每天会洗好几遍手和脸，爱用香皂。可是她老了，病了，臭气在体内发生。她的所有器官都坏了，功能丧失，大便经常要由父亲和叔叔轮流用手指头抠出来。每当这时候，祖母只能无可奈何地拉被子遮脸。有时候她会像疯子一样发火，有时候会像小孩一样哭。一生的尊严和坚守，噼里啪啦全毁了。

最难熬的是夜。一切都停了下来，唯独疼痛，还在漫无边际地爬。

祖母在黑暗中，忍着疼痛，她的手紧紧攥着，她的嘴紧紧咬着被子，她不喊叫，她心疼她的儿孙，不想让自己的喊叫惊醒了我们。

祖母在黑暗中，被疼痛戳醒，就那么睁着眼睛，我想，她的脑海中定是一遍一遍地播放着往日时光，这岁月的皮影戏，终于要演到最后一幕。

令我们意想不到的，祖母在黑暗里对抗疼痛的方式，竟然是给我们一颗颗地嗑着瓜子，早上醒来，她的枕头边儿上堆满了很大的一堆瓜子瓤。只有早晨这会儿，她才能睡一会儿，我们轻手轻脚，从她的枕头边搬走一座山，尽量不弄出一点儿声响来。

想起父亲说的话，祖母更多的时光都是在黑暗里，而她并没有因此消沉，照样带领我们把日子过得柳暗花明，风生水起。说白了，祖母是一个可以驾驭苦难的人，这苦难的烈马，一旦驯服，可以驮一个人奔往幸福。

在黑暗里又怎样？那就去做一支倾听黑暗的蜡烛。

这是祖母的哲学。

带给我的思考是，祖母大限将至，忍着疼痛，在那幽深的黑夜里，尚且咬牙活着，我们还有什么理由挥霍生命？

终于知道祖母为何在临终前执意要点上一根蜡烛，她是需要这根蜡烛为她送行。她不想，临死前的最后一刻，都是黑暗的啊！

现在想想，祖母临终的眼里，一定是看到了祖父，嘴边才绽开了一朵莲花。

想起祖母的这个夜里，我把灯关上，点燃一支蜡烛。倾听黑暗的蜡烛，时而被风吹熄，时而被风吹亮。

夜里的云朵在窗玻璃上颤抖着，想借点光亮取暖，捎带着擦亮了属于思念的小半个天空。

忽明忽暗的蜡烛，是奄奄一息的祖母，为了祖父和她的孩子们，咯尽了最后一滴血。

第六辑

在那些美好的事物面前

青春里习惯了挥霍，因为一切都还可以重新来过。所以肆无忌惮地绽开，恬不知耻地怒放。曾经的青春，被我典当给了谎言、烈酒、霓虹、八卦……我把大把的热情都付与了青春，它却只给我打了一张白条，多少年过去了，时光依旧死乞白赖，不肯还债。

现在，我把青春典当给了回忆，什么时候，我还能赎它回家？

像夏日的黄昏缓缓降临

博尔赫斯，这位阿根廷最伟大的作家，诞生于一个患有遗传性失明症的家族中。他用一双视线模糊的眼睛阅读了无以计数的书籍，对众多热爱博尔赫斯的读者来说，他脑子里的书抵得上阿根廷的国家图书馆，而且更加生动、出色。博尔赫斯最后二十多年的创作，是在视觉完全黑暗的状态下进行的。他甚至不得不放弃了对短篇小说的挚爱，去创作对于盲人来说更适宜记忆的格律诗。这种黑暗我们不能用轻浮的黑暗来形容，它更像是海洋的深处，那种真正的、没有任何生命能存活下去的冰冷的深处。可是，正在深渊中的博尔赫斯表达自己的感受时，却说，那感觉“像夏日的黄昏缓缓降临”。

暮色黄昏，天空开始缀满在白天隐藏起来的星星。这是失明的博尔赫斯感受到的美，痛楚而又无法逃避的悲凉的美。他赶走了那些喧嚣和躁动，把自己留在一个花园里。有时候感觉自己很轻，如同坐在一盏花瓣上，听悠扬的晚钟，听风车的转动，那些小生灵再不怕他，他也不再惧怕任何事物，世界一下子平静了。

生活不再那么烦琐、庸碌，而是瞬间变成了一件精美的瓷瓶，他似乎看见了它光洁的肌肤闪着诱惑的光。甚至，他数清了那停留在瓷器上的蝴蝶，翅膀上的花纹。

像夏日的黄昏缓缓降临。这短短的一句话够人回味一生。它瞬间震撼了我，让我对生命多了一份领悟。如何把生命的精彩进行到底，如何以豁达的心来面对苦难和死亡？成了一种灵魂的追问。他令我同时想到了贝多芬和勃拉姆斯，想到他们临终前的从容和豁达，他们都喜欢喝酒，不仅这一生与酒结缘，似乎还与酒神定下了来生之约。他们临终前说着关于美酒的谐谑的话，“好酒啊，果然名不虚传！”没有丝毫哀伤，相反却有一种对悲苦命运的嘲讽之意。苦难可以毁掉他们的身体，却永远无法摧毁他们的意志，永远无法阻挡他们向上的心灵。而在漫漫人生中，始终陪伴在他们身边，呵护、慰藉他们灵魂的，是香醇的葡萄酒。这些被葡萄酒的芳香环绕着的灵魂，让我们始终相信，苦难和死亡不是结束，只是另一种征途的开始。

我的一位女同事，是一个年轻的母亲。不幸的是，活泼可爱的儿子在四岁半的时候出了意外，夭折了。最初，她无时无刻不笼罩在悲伤的气氛中，人也憔悴得不成样了。有一次，她看到了雨后的彩虹，想起儿子说过的话：“妈妈，彩虹真漂亮，我想去那个桥上玩……”她的心结忽然解开，这位母亲最终在心灵深处悟到，只有那些失去的，永远不会再回来的事物，才让生命变得如此甜美，如同断了弦的绝唱。她的孩子虽然去了，但在她的心里得以永恒。从此，她从办公室窗户外看见天空掉下一片羽毛时，不会再像以前那样停下脚步缅怀；在麦当劳里听见别人家小孩的笑声，也不会再泪眼婆娑；每当彩虹出现，她都会对自己说，她的孩子正在那座斑斓璀璨的桥上玩耍。

人世间的种种苦难，如果你躲不过，那么就勇敢地面对它吧。无声的、黑暗的世界里依然有它自己的美，正如经历着丧子之痛的母亲看见了彩虹，正如失明之后的博尔赫斯看见了满天星辰。

再深重的苦难，也不过是像夏日的黄昏缓缓降临。

跛

石磊是一个跛子，这样说，其实有些牵强，因为他跛得并不明显，只是稍微有一点儿踮脚而已，不认真仔细观察，没有人能看出来。

可就是这“稍微”，让石磊一直耿耿于怀。

他的自卑也源自于此。

石磊喜欢一个女人，是隔壁公司的白领丽人，他心中的女神。他的自卑让他不敢表白。他隐隐感觉，那女人对自己似乎也是蛮有意的，好几次在电梯里遇见，都会很温柔地向他问好。可是对于他来说，要说出那些表白的话，简直比登天还难！

怎么办呢？他一筹莫展！

有一次他和同事王才一起喝酒，两杯酒下肚，把自己的心事和盘托出。最后，王才给他提了一个建议，让他写封表白信，然后帮他交给女神。

石磊觉得这是个好主意，连夜写了一封激情澎湃的信，表白了他是如何爱上了她，如何想她想得发疯，他写了撕，撕了写，整整写了一夜，终于在天亮的时候写好了。

他无比忐忑地把它交给王才。

“如果将来我们在一起了，我是不会忘了你的功劳的！”他无比信任地拍了拍王才的肩膀。

“放心吧！保证给你送到。”王才信誓旦旦。

第二天，他迫不及待地问王才，“信送去了吗？”

“送去了啊！”

“她没说什么吗？”

“没有，啥都没说。”

石磊略微有点失望，但他想，总要给女人一点考虑的时间吧！

过了大约七八天，石磊看到他的女神从隔壁过来了，而且手里还拎着一个饭盒，他的心怦怦直跳，难道……

他紧张得手心里全是汗，心跳到嗓子眼了，该怎么和她说第一句话呢？

他强装镇静坐下来，闭上眼睛等待女神一点点靠近，女神过来了，身上的味道飘过来，仿佛十二亩郁金香和十八亩茉莉花交织在一起搅动起来的香，让他陶醉……可是，可是，女人经过他身边，并没有停下来，而是继续往前飘，飘到了王才的办公桌前，把饭盒递给他，并给了他一个无比妩媚的笑脸。

那种妩媚，是专属于恋人之间的。

石磊的脑袋“嗡”一下，眼前一片漆黑，他不知道为什么会这样，自己一向视为知心朋友的王才竟然横刀夺爱。

他找王才理论，王才支支吾吾地说，“要说怪，也只能怪你自己马虎大意，写了封信却连自己的名字都不署上。”

他懊悔地直拍脑门，当时写信的时候，只顾着激情四溢了，忘了把自己名字写上。

“可是你送信的时候没说是替我送的啊？你怎么是这样一个小人？”他气不打一处来。

“你就成全我吧，我也一直暗恋她好长时间了，你就当做好事帮我一回了！”

“那不行，我要和你公平竞争！”石磊不知道哪里来的底气，在王才面前晃了晃拳头，“假如我输给你了，你要好好对她，一定要让她幸福，不然我饶不了你。”

石磊决定治病。要想把女神夺回来，就必须把自己这个毛病治好。有人说他痴人说梦，天底下没见过哪个瘸子治好过。

可他偏要试试，听说本地一个老中医很神，什么疑难杂症都能治，他决定去那里碰碰运气。

王才听说了，说要陪着他一起去，他也没多想，就答应了。

可是现场却让他尴尬极了，王才把女神也领来了，他恍然大悟，王才是故意这样做的，因为他是最了解自己短板的人，他的缺陷在王才那里一览无余，所以，他故意让女神看到这一切。从此，在女神心中再也抬不起头来。

他的心里一阵寒凉，没想到王才竟然是这样一个有心计的人。

老医生戴着眼镜，让石磊在自己面前走一圈，然后把眼镜摘下来，对他说，“再来一圈”；他就又走了一圈，接着，老医生拿来一块布，使劲擦了擦眼镜片，复又戴上，告诉他，“再来一圈”。

王才在旁边不停地嘲笑他，“嗨！左屁股高啦，嗨！右屁股高啦……”

然后他看到王才的手，搭在女人的肩上，慢慢就放到腰上……他走得越发不自然了，脸也涨得通红。

王才煞费苦心，就是要他在女神面前出丑啊，这样，王才就可以把他彻底击败，再也翻不了身。

他心里暗暗叫苦。

那老医生也好像和他们一伙儿似的，以出他的丑为乐。不停地让他再走一圈。他索性不想那么多了，干脆昂起头来，认认真真地又走了一圈。

“胡来。”老医生忽然喝到，“好好的一个人，看什么病吗？谁说你是跛子，走道走得直，腰板挺得硬，一点事儿没有。”

他愣怔在那里，不敢相信自己的耳朵。

“倒是你，过来，走一圈我看看。”老医生把王才叫住。

“我好好的，干吗让我走一圈？”王才有些懵。

“让你走你就走，有些病你自己感觉不出来。”老医生很执拗。

王才不明就里，在老医生面前走了一圈。

“再走一圈。”

“再走一百圈我也不怕，”王才得意扬扬地说，还故意学起了石磊的样子，一脚高一脚低，“我可不像他这样。”

可是不知道为什么，他学了几次石磊的跛脚之后，竟然再也扳不过来了，总是下意识地一脚高一脚低。他满头大汗，不知道这是什么原因。

“别转圈了，抓紧治疗吧。你跛得厉害。”老医生扶了扶眼镜，认真又有些恼怒地说。

一根叫父亲的骨头

父亲瘦了一辈子，从来都没有胖过，像一根立起来的骨头。

母亲糖尿病并发症导致了眼盲，只好由父亲来照顾，一辈子没做过饭的父亲，开始学着做饭。我提出来接他们去楼上住，父亲不肯，说楼上不方便，住着平房每天可以带母亲出去晒晒太阳。他让我们放心，说他可以照顾好母亲。不论我们怎样劝说，他都不为所动。父亲一辈子都这样，倔强得很，用母亲的话说，那是一根倔强的老骨头。

妻子和我说，“有时候看你爸爸弯着腰点炉子半天直不起腰来，就那么弓着一路走进屋子。我心里可不得劲儿了。前半辈子弯腰为儿女，后半辈子弯腰为老伴儿，从来都没有时间是为自己而活的，他这是没有自己的一辈子啊！”

父亲退休前，一直是工厂里的车工，每天弯腰在机床前，一站就是四十多年。

我曾经勾着他的脖颈，把他当一棵树上下攀爬，也曾把他当成秋千架，惬意地晃荡，那时候他还年轻，站起来依旧笔直，可是，岁月却和万有引力合谋将他压弯。

再倔强的骨头也有弯的时候。

父亲一直瘦着，现在想想，他又怎么能够胖得起来呢。从小到大，家里的经济条件一直不好，母亲身体差，没出去工作过，一家六口人都指望着父亲那点微薄的工资，每月的口粮不等到月底就吃没了，父亲总是托人和粮店的人说好话，提前把下月的粮食透支出来。在我们这些小豺狼虎豹面前，父亲怎么能吃得上一顿饱饭！

这根倔强的骨头，一直都是硬邦邦的，这大概就是我不喜欢让他抱的原因吧。我清楚地记得，小时候有一次放学回家，父亲在门口张着树杈子一样的双臂做拥抱状，我却从他胳膊底下“嗖”的一下钻了过去。“小兔崽子”，父亲骂了一句，悻悻然跟着进了屋。后来才知道，那一次，父亲在单位得了劳模奖，奖励了一个大猪头，那是他表达快乐的方式，可是我却扫了他的兴致。

这还是一根险象环生的骨头。父亲这一生做过太多惊险的事情，上山砍柴，砍到了脚背，骨头都露出来了，所幸及时送往医院才保住了右脚。还有一次，中指被车床绞到，皮开肉绽，伤口愈合之后，右手的中指就永远打不过弯来了，总是那么直愣愣地伸着，我都替它感到累得慌。

父亲手巧，闲暇时会做点儿灯笼卖，多少可以贴补一下家用。可他毕竟时间有限，做得不多，都是事先订好了给谁做就是给谁做的。一个有钱人出了好多倍的价钱要买父亲预定出去的那只灯笼，父亲回绝了，不卑不亢地说：“人总得讲究个信用，不能你钱多就坏了规矩不是，不然这世道怕是要乱了套吧。”

那一刻，我觉得这世间，只有一个词可以配得上父亲，那就是骨头。有骨气而且讲诚信的骨头。

那一年，我的叛逆让他头疼，我的逃离令他神伤。他将所有的脚印放出去，天涯海角去找我。深夜，他把脸伸进晚秋，清晨转过身来，须发皆白。

我看见了雪白的骨头。

有一次，父亲问我对死亡的看法。我想了想说，人死了，万事皆休，什么都没有了。父亲说：“也不尽然，你爷爷死后，我从炉膛里还捧回了四捧骨灰，热乎乎的，似乎还带着活着时的体温。”

听到这些话的时候，我的内心是酸楚的，我不敢想象，将来的某一天，父亲离我而去，这根老骨头，会变换成多少思念的骨灰。

如若父亲不在了，还有什么可以让我称之为骨头？

看过一则新闻，浙江一位 84 岁的老人陈宝松，他 45 岁的单身儿子 4 年前查出尿毒症，为补贴药费，他到田野割野菜，每天凌晨 3 点蹬三轮车到 20 公里外的菜场卖菜，饿了啃馒头，买瓶水也舍不得！一天挣四五十元，他不放弃，他说：“只要我这把老骨头还能动弹，就给儿治病！”

又一根倔强的老骨头!

有一次一个朋友问我父亲的年龄，我一下子愣住了，先想到父亲是属蛇的，然后再一点点推算出他的年龄。为此，我深感愧疚，父亲不光把我的年龄，还把我的生日，我的生辰八字都记得牢牢。有人问起，他从来不会打奔儿，总是脱口而出。

从今天起，我不光记住了这根老骨头的年龄，还记住了这根老骨头的重量。

父亲睡着了，小小的一团骨头。我替他盖着被子，看到那根永远向前伸着的中指，像个站岗的士兵，没有人来换岗，只能一个人站在那里，直到永恒。

那是父亲身上更为倔强的一根小骨头。

十七朵寂寞

我见过安漪的寂寞。

她穿着鲜艳的衣服，看起来像即将破败的桃花，用尽最后一点力气绽开她的魅惑。

她儿乎每大都在做同一件事：对镜梳妆，涂着厚厚的粉底，画浓浓的眉眼和腮红，像个京剧脸谱一样。她把真实的自己掩埋在那些粉底下面，她想隐藏她的寂寞，却偏偏让寂寞浮出水面。

似乎，她无意中闯入了命运的实验室，做了命运的试验品。命运在她身上注射了各种不幸，想看看她到底可以承受多久。先是父母早亡，让她从童年开始便孤苦伶仃，直到遇见心爱的人，有了一双儿女，她的生活才由黑白照变成彩色照片，可是这幸福仅仅维持了三年多一点，她的丈夫和一双儿女便因车祸丧生。她的日子重新回到黑白照片的时代，她活着的全部意义，都来自于那仅存的三年多一点的彩色记忆。

她每天听同一支歌，单曲循环着她诡异的命运，她说，活着，不过是另一种死亡罢了。

寂寞出诗人，她的寂寞，更有哲学的味道。

此刻，她正一个人发呆，往事不远不近，像挂在半空的灯笼。她让我想起古龙书里的一个人物。

那是古龙写过的最普通也最悲伤的人，她叫马月云，一生很平淡，有两个孩子，丈夫和蔼、木讷，家里弥散着小户人家的温存。直到有一天，家里出现了一位老者，她从来不知道自己家有个地道，后来她才明白，原来丈夫一生都只为一个使命——在地道的出口等待营救老者。丈夫也不知道这任务会出现在哪天，也许立刻，也许永久都不会。丈夫一生的沉稳和低调，不过都是伪装。

丈夫完成了使命，在地道口接应了老者。为了灭口，他杀了马月云和两个孩子。

用一辈子的时间寂寞地等待一件事情的发生，一个时刻的到来，难道很多人不是一样吗，无论如何用力经营，都不过是在某一刻走向终结。

同样是古龙的书里，有过一段关于数梅花的场景——天已亮，秋已残，梅花已渐渐开放，泉水尽头，梅花旁，李寻欢忽然抬头笑问两年不见的朋友阿飞：你看，这棵树上的梅花已开了，你可知道开了多少朵？

阿飞头也不抬地答道：十七朵。

阿飞的这个答案，居然让传说中的小李飞刀立刻心情沉落，笑容冻结，因为小李飞刀也数过梅花，他了解一个人在数梅花时，是多么的寂寞。

这种内心的孤寂，很落寞，却也很纯粹，让一颗心得以修炼得白璧无瑕。

寂寞的茶，从温到凉，又从凉到温，如此反复，只闻茶香袅袅，不见对饮之人。

若有若无一根琴弦，穿插其中，串起散落的阳光的珠子。这琴弦功德无量，它把寂寞点化成诗，让一颗被寂寞环绕的心不至于沉沦。

看苏枕书的《京都古书店风景》，觉得若用一个词来概括日本京都的古书店风景，可以是：衰败。再加一个词，可以是：寂寞。

苏枕书写到富山房书店时有这样一段：“书店 6 点打烊，有时看得着迷，中川夫人（书店主人）也不会提醒，而是静静等待。你突然回过神，道歉不迭，她反会安慰说，你多陪了我一会儿，我也不寂寞。该是谢谢你才对。这样温柔的心意，即便不为明确的目标找什么书，也愿意拐进来徜徉片刻。”真是好寂寞。寂寞的旧书店，寂寞的中川夫人，寂寞的苏枕书。

在那里，寂寞是不孤苦的，寂寞是酒香，迎着最早的那阵风，散布开来。

春天来的时候，我折了几束杜鹃，放到安漪的窗口。杜鹃含苞待放，一团香气隐隐地，随时有炸裂的迹象。

我替她关掉那支单曲循环的忧伤，我对她说，死并不可怕，不过是另一种活着。

来不及化浓妆的她，素面朝天，像一朵滴着水的百合。

她惊喜地看着那些花，自言自语般喃喃地说——我回来了。

我知道，从这一刻起，她的寂寞里不再有绝望的味道，而是回归到淡然、诗意和优雅里。

我仿佛听见她对着寂寞说，今天，你开了多少朵？

寂寞说，十七朵。

贴在窗玻璃上的蜗牛

这一天，我好像得了抑郁症，坐在屋子里，一动不动，发呆。

生活给我开了一剂方子，我却忘记了病根。

在偌大的北京城，我像一只蜗牛，贴在窗玻璃上，看着急匆匆的人们，奔来跑去。

而在我这里，好像人世变得越来越小，再也不想征服那么多东西，最后只缩小到一个圈子仨俩朋友，一个家和一个深爱的人。

一辈子好像就此落幕了一样。

但我并不悲伤，反而悬挂着幸福的微笑。转身拥抱自己，与自己和解。

如果我是一座木讷的挂钟，善良将是我永远的钟摆，而淡然和快乐，将是永远的时针和分针。

放一段音乐给自己。笨拙地转向有光的一边，看不到一生，至少半生也行。

说实话，这段音乐很普通，可是不知道为什么，它击中了我。

我在战栗，是的，很久没有这样的战栗了。

音乐，嘈杂无章，震动耳膜。

“我来自哪里？”很奇怪，听到这个音乐忽然让我想起这个问题，而且，它让我不自觉地拿起了笔，想写下点什么。

那么，就顺着自己的笔尖奔跑吧，愿意跑到哪里就跑到哪里，大草原，戈壁滩，喜马拉雅或者乞力马扎罗。

那么多无法抵达之境，都在这音乐里抵达了，这是我的灵魂在挣脱羁绊吗？如果可以，我愿意这样，一直驰骋。

此刻，白天，夜晚，不是我考虑的。时间忽而上升，忽而下沉，我看不见的旋转，落在白纸上，成为我灵魂的标点。

这个时候的北京不但没有雾霾，并且出奇的干净，天空总是很蓝，像被熨平的《梦幻曲》。

而人间并不平坦，世事诡异无常，比如现在，毫无征兆的，忽然就下了雨。

用什么心态对待下雨。这是一个很平常的问题，但反映一个人的生活态度。法国哲学家阿兰说，天上下雨时你正在街上走，你把伞打开就足够了，犯不着说：“真见鬼，又下雨了！”你这样说，对于雨滴，对于云和风都不起作用。你倒不如说：“多好的一场雨啊！”这句话对雨滴同样不起作用，但是对你自己有好处。你于是抖一下身子，从而使全身发热。阿兰在这里，其实说的是人生的两种截然不同的态度。究竟是当看破红尘、愤世嫉俗的抱怨者，还是做一个淡定而积极的乐观派，这直接影响和决定你一生的幸福。

快乐离你其实并不遥远，只是看你是否踮起脚尖去够它。忧天的杞人也有他的幸福，那就是早晨醒来，天没事，而且一天比一天明亮。

鲁院的同学周华诚和我说过，他的一个摄影家朋友给女儿拍照片，从出生那一天开始，一天一张，从不间断。他在拍摄的时候，从不讲究任何摄影技法，背景也是一成不变的一面墙。这自然是受到朋友们的嘲弄。20 年后，他把这些照片制作成幻灯片，在一面洁白的墙上播放给朋友们看，朋友们都被震撼到了，从这些简单的照片里，看到了关于成长的秘密。

这笨拙而执拗的爱，像不像一只蜗牛？

我是一个路痴，但这并不妨碍我拥有一颗时刻准备远行的心。

我不能选择等到什么，我只能接受遇到什么。就像，遇到下一棵树，遇到下一阵风，遇到下一个人，遇到下一盏坏掉的路灯。

有位渔夫盖着一张破渔网睡在船舱里。夜里下雪，雪花透过渔网落在身上。渔夫早上醒来，抖了抖身上的雪，自言自语：真冷啊，那些没有渔网的人昨晚可怎么过啊！

看吧，你的悲悯永远都在，不论你贫穷还是富有。

所以，我尽量挑选温暖的词语和人说话，我努力不让微笑的挂钟停摆，我用善念把人间的不平熨开，整洁的世界为我铺开，我必然要挺直腰身，蜷缩，是对那份整洁的污玷。

我劝诫自己，别再说与这个世界格格不入的话，你花出去的和你拿到手里的钞票，那里面有多少指纹和你有过交集；你共享过的单车，有多少人也正骑着过了马路；你在电影院坐过的椅子，有多少人也曾坐过，或者就在此刻，有人正在那里打着瞌睡？

笨拙的蜗牛，虽然缓慢，但从未停止灵魂的蠕动。

顾城说，草在结它的种子，风在摇它的叶子，我们站着，不说话，就十分美好。

是啊，只要你望着我，哪怕我在尘世里一直站着，也十分美好。

此刻的我，一动不动，发呆。也十分美好。

季夫老师的精神钙片

季夫老师是我的语文老师，也是我初三时的班主任。他贫穷、瘦弱，像一粒干瘪的种子。

父亲说，季夫老师是我们村子里第一个大学生，他应该留在大城市的，不该回来。

我的父亲是季夫老师在这个村子里唯一可以谈心的朋友，“是啊，不该回到这片贫瘠的土地上来，做了一粒干瘪的种子。”季夫老师在和父亲喝完酒后，偶尔也会表露出他的遗憾。但更多的时间里，我感受的是他对我们孜孜不倦的爱的教育。

在我的印象中，季夫老师始终是个干干净净、轻轻飘飘的人，甚至于走路不带起一粒尘土，举手投足不扇起一阵微风。一件中山装已经洗得发白，却总是板板正正，没有一丝岁月的尘灰与褶皱。

他喜欢给我们讲故事，并通过一个个故事传递给我们做人的道理。听他的故事，如同泉水滋润心灵，干净、舒适。

他讲的课也是干净的。教书的时候，他没有丝毫旁骛。课堂变成了他一个人的舞台，他在那里忘我地演出，而我们的好成绩便是献给他的掌声。

我是作为留级生才有幸来到季夫老师的班级，得以接受一生难以忘怀的教育的。

那时，我在骨子里瞧不起留级生，可是没想到，自己有一天也做了一回“墩级包子”。为了能够考上县里的重点高中，在父母的一再坚持下，我只好选择留级。我忐忑不安地来到班级，季夫老师是这样向同学们介绍我的：“让我们大家向他祝贺，同一个年级读两次，他是幸运的。因为他可以得到两倍的同学和朋友。”同学们真诚地为我鼓掌，我真诚地向他们鞠躬。

那是我既艰苦又美好的初三生活。

中考前的一个月，季夫老师和家长们商量，让学生们吃住在学校，以全力备考。那一个月是我生命中最难熬的日子，常常由于紧张而失眠。为了保证学生们能安然入睡，季夫老师每天临睡前都给我们吃一粒安定片。直到顺利通过中考，没有人怀疑是这一粒小小的安定，给了我们莫大的帮助。考试成绩下来了，我们班是全校考得最好的，15 个人考上了县重点高中，其中包括我这个留级生。那天，季夫老师很激动，并告诉了我们一个秘密，他说他每天给我们吃的只不过是一粒钙片而已。

季夫老师的钙片，让我们的精神之树无比茁壮。

季夫老师，一肩明月两袖清风，因为干净而清贫，也因为清贫而干净。其实他本不必如此清贫的，他在城里的一个位高权重的老同学有意帮他走出这个小村子，去更广阔的天地。他很倔强，他不走，他说他是扎根在这村子里的一棵老树，换了地方就会水土不服。

他不走，他把一切都留在了这个村子里。他在这里出生，也在这里逝去。

暑假回家的时候，我听到了季夫老师去世的消息，父亲和我说，季夫老师是在讲台上晕倒的，他的一辈子都是在这讲台上度过的。

我去了季夫老师的讲台，依稀能够感觉到他的呼吸。我看到黑板上依然留着他的笔迹，那是他为孩子们上的最后一课：有的人死了，他还活着……没想到，这段诗歌竟成了他的悼词。

多么贴切的悼词！

其实季夫老师是太过劳累了，师母常年卧病在床，里里外外都需要他一个人来打理，而对学生们，他又是竭尽了全力，他透支了自己的生命。那一刻，我真正懂得了呕心沥血的含义。

季夫老师，从没有大声与我们说过话，但他的声音却能很深地穿透我们的灵魂。

季夫老师，整天一副弱不禁风的样子。但羸弱的他在黑板上写字的时候，却是颇有力道的，他能写出一手漂亮的正楷，规规矩矩的字，像他正大光明的人。

季夫老师，这粒干瘪的种子，是我们的精神钙片。

诗意的火光

火光来自屋子中央，是穷人在这个冬天里的心脏。

火光，像我仰望春天时的杜鹃花。

火光，来自夜里，它爬满穷人的墙壁，把那些试图穿隙而入的冷统统赶了出去。

它与外面的月亮遥相呼应，成就了一段精彩的对白：

月亮说，我有透明的手指，从不遮蔽一株小草嫩绿的光泽。

火光说，我只有鲁莽的热情，愿意为了驱赶寒冷而枯竭。

月亮说，我有笨拙的手指，我所碰到的东西从不抓住。

火光说，我的触角四处伸开，我要抓住寒冷，并狠狠地将它摔碎。

月亮说，我有柔美的手指，花朵是大地给我戴上的戒指。

火光说，我只能映着穷人微笑的脸，让他们有一个温暖的枕头。

火光，在零下二十度的冬天舞蹈，妖娆的身姿令诗人垂涎。

火光，在那里为我守着一份秘密的心灵之约：我再也见不到的，那个在我的梦里栽种了无数棵果树和一大片花园的安徒生。

他用丑小鸭唤起了人们对美好生活的追求，用最后一根火柴点燃了人类真善美的灯笼。

在临终前不久，安徒生对一个年轻的作家说：“我为自己的童话付出了巨大的代价，甚至可以说是无可估量的代价，为了童话我拒绝了自己的幸福，并且错过了这样的一段时间，那时，尽管想象是怎样有力，如何光辉，它还是应该让位给现实的。”

这是他一生爱情坎坷的总结。17 岁时，安徒生爱上了翻译家的女儿，但是对方家人连续去世，女孩整日郁郁寡欢，最后所乘坐的轮船在大西洋里烧毁，安徒生悲痛欲绝，写诗悼念。25 岁时，安徒生爱上一个富家女，结果遭到抛弃。后来在一次旅途中，一位富家女爱上了安徒生，但这时的安徒生已经沉浸在童话里，他说，我的爱情在童话里，拒绝了她，但安徒生却终生怀念着她。40 岁的安徒生和瑞典女歌星林德相识，对方一直把他看作“亲爱的弟弟”，感情虽好，但是两人都过着旅行式的生活，到老都没有能够终成眷属。1875 年，70 岁的他孤独地死去，根本没有他童话里那些美好的结局——“从此过着幸福的生活”。

火光，当它爬上穷人的脸时，是充满温情的。

它跳跃着，使整个炉子为它发烫。像涂满炙热情语的嘴唇，像装满无限热情的胸腔。

这是多黑的夜，人在静坐，火光在墙上蹦蹦跳跳。这是多美的夜，人在遗忘，火光又让人记起自己的重量。

借着火光，我给女儿讲道：

“现在太阳从海里升起来了。阳光柔和地、温暖地照在冰冷的泡沫上，小人鱼并没有感到灭亡。她看到光明的太阳，同时在她上面飞舞着无数透明的、美丽的生物。透过它们，它可以看到船上的白帆和天空的彩云。它们的声音是和谐的音乐……”

借着火光，我给女儿讲道：

“‘祖母！’小女孩叫起来。‘啊！请把我带走吧！我知道，这火柴一灭掉，你就会不见了，你就会像那个温暖的火炉、那只美丽的烤鸭、那棵幸福的圣诞树一样地不见了！’于是她急忙把整束火柴中剩下的都擦亮了，因为非常想把祖母留住……”

借着火光，我给女儿讲道：

“每一棵树和每一种花都有一个名字，它们每一棵都代表一个人的生命；这些人还活着，有的在中国，有的在英格兰，散布在全世界……不过这个悲哀的母亲在那些最小的植物上弯下腰来，静听它们的心跳。在这些无数的花中，她能听到自己孩子的心跳……”

火光，不是城市地下约三米处涌动的暖气管道，它是自由的飞鸟，它负责连接春天。

它不与电灯争抢，它只在黑暗里，在穷人将梦铺好的时候歌唱，让夜有了一颗心脏。

当这颗心脏衰竭的时候，我总是试图抢救，拳头大小的一块火光，被我小心翼翼地保留下来，作为火种，它必须有效控制自己的燃烧。我在它身边一点一点地添加煤块，终于看见了起死回生，看见了星火燎原，它让我体验了一种生命的过程。

对着它热情的胸膛，我点燃了一支香烟，一口一口贪婪地吮吸着火光，火光就迅速地从炉膛窜进我的心里。

火光，在我的墙上捕风捉影，搜寻着过往的一切，像我儿时喜欢的皮影戏，带给我对未来的想象，带给我对温暖的憧憬。

我无法忘记一个酗酒的洗衣妇的卑微的儿子，他给我讲了那么多美妙而忧伤的故事，在这洁白的墙上，火光不停地幻化着，可不管如何幻化，它始终是安徒生的影子。他告诉我：生命里会有积雪的时候，也有绿草如茵的时节；有欢笑的脸庞，也有哭泣的容颜；有幸运的项圈，也有残酷的魔掌。

火光，终将在冬天的早晨聚合成太阳，蛋黄似的太阳终将燃起穷人对温暖的想象。果然，在梦快结束的时候，我看见一个男孩和一个女孩绕过墓地，欢笑着往前去了。前面有扇大门，那是太阳的门，当它打开时，天地是彤红彤红的。

没有人知道，那天地间的彤红是被夜里的一点火光点燃的。它让我相信，从这个冬天走出去的人，注定要背负一生的寒冷，被那些火光映亮的心，注定会换取整个春天的温暖。

镀着阳光的金项链

那是一张永远无法定格在胶卷上的脸，那是裱在摄影家心底的一张照片。

那是一群贫苦交加的人们对美好生活的渴望。

那是很多年前的事情了，因为我的摄影家朋友略微懂得一些非洲语言，所以争取到了随同新华社的记者去索马里难民营采访的机会。他一直有那样一个愿望，要用相机记录下难民们一个个水深火热的日子，唤醒全世界的善良来拯救这样一群在死亡边缘挣扎的人们，他们有黑色的皮肤，有褴褛的衣衫，有在贫苦中依然闪亮的眼睛……

那是一个怎样的居住地啊，像城市里某个垃圾处理场，臭气熏天，尘土飞扬，战争让他们流离失所，饱受了上帝揣在口袋里的所有苦难。

在那里，他摸到了儿童们瘦如鸡爪的手，听到了老人们临终时的哀号和呻吟，看到了妇女们惊恐的眼神……这些都在他的心底烙下了深深的印记。那里的每一个人，随时都有可能死去。一粒药片比一粒金子更珍贵，一次小小的感冒引发的高烧就会将人推下生命的悬崖，死亡就像很随便的一堆篝火的熄灭一样，平常得已经不能让人感到伤痛了。

但让他无比惊讶的是，在他决定给他们照相的时候，不论男人还是女人们，都纷纷去洗脸梳头，把自己收拾得干干净净的，似乎是要赶赴一个节日一样。他想：再贫苦的人，对生活也是充满向往之心的。

其实，他们是在为自己守着那最后一点尊严，让全世界都尊重的，非洲的心。

我的摄影家朋友倾其所有，为他们照满了整个口袋里的胶卷。就在他要离开的时候，一个小姑娘跑过来拽住了他的胳膊，央求他为她照张相。他看到她将自己收拾得干干净净，特别是她的胸前，竟然还戴了一串金光闪闪的项链，她似乎看出了他眼中的惊讶，笑着对他说了项链的秘密。原来那是她用泥巴搓出来的一个个泥球，然后用花粉涂在外面，串成了项链。

就为了做这个“项链”，她才耽搁了照相。

他拿着相机的手在颤动，他不能告诉她相机里已经没有胶卷了，他不能让这朵开在人世间最苦难之地的花在瞬息之间就凋谢，那是一颗真诚地热爱着生活的心啊。

她对着他的镜头绽放着灿烂的笑，他也不停地摁着谎言的快门，用一个个闪光灯骗过了她的期待。非洲女孩黑黑的脸和灿烂的笑，在那一刻永远定格在了摄影家的灵魂里，再也剜不掉。

回到大使馆后，我的摄影家朋友想尽办法向工作人员要了几个胶卷，他的心很乱，迫不及待地要求再回到难民营一趟，他想为那个女孩补照几张照片，前后辗转约有 20 多天。他不知道，这 20 天，一个满怀期待的生命就走到了生命的尽头。

她纤细的生命一直在飘飘荡荡，一次简单的感冒，就让她永远地睡着了。

小女孩躺在母亲的怀里，已经离开了苦难的人世，胸前的那串项链依然镀着阳光的色彩，刺得人的眼睛有种无法回避的疼痛。

那位母亲说，这 20 天是孩子最快乐的日子，她每天都在盼望能看到她的照片，看到自己在灿烂的阳光下，像花一样开放。

那位母亲说，她临终前的最后一句话还在问：中国叔叔来了吗？

这就是生命。在那最贫苦的地方，一颗苦难的灵魂涂抹上阳光的色彩，变成珍珠，串成了美丽的项链……

对美的向往之心，让这个世界重新看到了自己的希望。

世界在两个摇篮里晃动

莎士比亚说，“人生就像一匹由善与恶两种纱线交错织成的布，我们的善行必须受我们的过失的鞭挞，才不会过分趾高气扬；我们的罪恶又赖我们的善行把它们掩藏，才不会完全绝望。”

“非洲圣人”史怀哲就是这样一个用恶去鞭挞以驱使善前进的人吧。年轻时他用弹弓打过小鸟，看见鸟的痛苦他幡然醒悟，丢下弹弓掩面痛哭。而他的一生似乎都在重演儿时的选择，一个哈姆雷特式的选择，是拾起弹弓，学会杀戮，还是丢下弹弓，劝善与行善？他终究是悔悟的，从中年步入非洲丛林起，他一生的精力都奉献给了那片贫瘠的土地。尽管爱因斯坦称赞他是“纯粹的善良的人”，我却宁愿记得他扔下弹弓痛哭的一幕。在人生善恶交织的布上，他竭力扭动着善的纱线织成锦绣。

和史怀哲一样，我也是一个怀着巨大愧疚的人，我曾经残忍地杀死过自己养的鸽子。

那些鸽子稀里糊涂地钻进了命运的死胡同里，无力挣扎。

死亡来得那样突然，像一场雨或者一阵风，淋湿一片屋顶或者吹落一片叶子那么简单。

如果不是因为要给难产的四妹熬汤，我是断不会设下这个圈套，继而将它们全部扼杀。

它们对我过于信任，因为我们一直相爱着。

我在地面洒上一些鸽子们最爱吃的小麦，鸽子们毫无顾忌地落下来，它们不知道，这些恶毒的麦粒儿，正在向它们伸出死亡的舌头。

它们被套住了。

我将它们装进一个大袋子里，一股脑儿地向墙上摔去，它们大概还没有明白怎么回事吧，世界于它们，已到了末日。

可怜的鸽子们。我的杀戮来得那样迅猛，那样无情，那样猝不及防。

前一刻我还和它们嬉戏玩耍，此时却变成了刽子手。

它们在袋子里张大了嘴，大口地喘着粗气，嘴角的血慢慢流出来，眼睛惊恐地望着我，慢慢地合上。

它们无论如何也想不到吧，刚刚还落到我的肩头，充满信任地啄着我的衣襟，把我当成它们在尘世里唯一亲近的人。

我犯了多么滔天的罪孽。我一生都无法原谅自己。

如果有一天，我的灵魂去了，我将去向它们下跪，请求它们的宽恕，人与人的相爱那么难，何况人与鸽子呢?

我亲手杀死了，与我相爱的鸽子。

曾经，它们就那样守候在我的屋檐上，雪白雪白的，像一小团一小团振翅欲飞的雪。

而我，弄脏了它们，揉碎了它们。

我的肉体沉重，而鸽子飞翔。这些天空中的小小音符，让世界充满乐感。

它们的背部是天空，而我，就在它们的对面，看时光流转。那些美好的旧时光，都镶嵌在鸽子的翅膀上，闪闪发亮。

我的灵魂却生出了洞，再也无法修补。与我相亲相爱的鸽子，飞不过罪孽的沧海。

最近读了一篇小说，里面穿插的一个故事令我感慨颇多：

一个小伙子每天下班要穿越一条胡同，都会从一个姑娘家门口经过，几乎每次都会看到那个姑娘坐在窗下看书。黄昏时分，那场景实在太美了，他总是忍不住停下来多看几眼。那姑娘也看到了他，并无太多芥蒂，一切都很自然……

读到这里，你们会想到什么样的结局呢？

一定会觉得这是个很唯美的故事吧，最后两个人相爱？厮守一生？

可是结局不是这样的。后面的故事是，一个晚上，姑娘被强暴了。姑娘没有看到凶手的真面目，她能向警方提供的唯一线索就是那个小伙子，小伙子因此坐了好多年的冤狱。

这样结束？

不，还没完呢。小伙子出狱后，千方百计找到了那个已经嫁人的姑娘，希望她可以为他洗清这么多年的冤屈，还他一个公道。可是已经嫁人的姑娘岂肯再次揭开那个伤疤，再说丈夫也对当年的事情一无所知，如果她做了证，她的生活就要乱成一锅粥了。

小伙子苦苦哀求了半年有余，姑娘也没有答应，反而威胁他，如果再来骚扰，她就报警。

小伙子恼怒之下，竟然真的将那姑娘强暴了。他说，反正你也不为我洗清冤屈，那我就真的做一回强奸犯吧。姑娘羞愤难当，当场自尽。小伙子也再次入狱，并被处决。

读到后面的结局，感觉真可怕。人性中的善与恶时刻不在争斗，小伙子是恶人吗？显然不是，如果按照前半程的场景设置，他本该是一道阳光靓丽的风景，可是邪恶的命运和他开了天大的玩笑，他被推入黑暗，最初是身体，最后是心。

那个姑娘呢？因为一个胡乱的假设而毁掉一个人的青春，又因为懦弱而把一个人和自己一同推向地狱。那看似无辜的柔弱躯体中，其实也隐藏着坚硬的恶。

就像一个人的哭与笑，诞生之初，他的世界便在两个摇篮里晃动，一个是善，一个是恶。

就如同每一天都要经历的昼与夜，就如同每一年都要轮回的春与冬。无人质疑，无人辩驳。

世界在两个摇篮里晃动，善与恶的交织，使我们永远无法成为十全十美毫无瑕疵的人，那么，就去做一个永远战战兢兢的人吧。因为有过失，所以心怀愧疚，转而行善。因为行善，我们努力修补人生的不完美，才能竭力使人生这块由善恶的纱线织成的布变得完整平滑。

而此刻，我只想对那些鸽子问一句：待我收起所有罪念，怀揣慈悲，渡到来生，与你们相遇，你们还肯，与我相亲相爱吗?

在那些美好的事物面前

都说今晚会看到最大最圆的“超级月亮”，可是很不巧，这里却阴天了，我和小米粒等了半天也没等到月亮出现。小米粒困了，要去睡觉，她对我说，如果月亮出来了，一定要喊她来看。我答应了她。

后半夜，月亮真的出来了，又大又圆的月亮，看上去真的比平时胖了一圈。这么美的月亮，我想让孩子看一下。便去睡熟的小米粒耳边轻轻唤她，她睡眼惺忪地不耐烦起来。妻子埋怨我不该把孩子弄醒，我却认为，孩子少几分钟睡眠无妨，让孩子内心注入几缕月光才是最重要的事情呢!

我想起儿时，母亲就是这般领着我，在大月亮地里漫步。月光就这样慢慢尾随着我的影子，渐渐步入我的内心。

从此，小米粒儿总是很痴迷月亮，常常会望着它发呆。我一直在想，这月光到底在她小小的心灵里产生了什么样的影响呢？直到有一天，为了进入写作状态，我听着一首很忧伤的曲子，面色凝重。不知道她什么时候就轻轻地走到我的身边，对我说，“爸爸，别担心，有我呢！”

或许她以为我受了什么委屈吧！那一刻，我便知道了，她深情凝望的月亮，已经深深植入了她的心灵。

前几日，朋友意外收到一盒阿尔卑斯奶糖，不清楚是谁送的，当时，他正在与一个强劲的对手竞争处长的位置，担心是对方故意设下的圈套。他小心翼翼地把它送给了我，并把这种担心说给我听，我取出一颗奶糖放到嘴里，一股甜甜的风吹进身体的每一个角落！在这么美好的事物面前，他那些猜疑是有罪的。

有这样一个关于器官移植的公益广告感动了我：屏幕上，一个失去了母亲的周岁大的孩子哇哇哭，爷爷奶奶姑姑等等一大屋子人轮流哄抱，孩子依然哭个不停。最后传到一个中年男子手里，孩子骤然停止哭声，贴近男人很快就憨甜地睡了，原来男人的心脏是孩子妈妈移植给他的。

孩子和母亲的心是连着的，只要那心跳还在，母亲就还在。

人的生命都有止境，可是那个终点，也可以是另一个生命的起点。

我又哀伤了，总是这样没有来头的，看一部好看的片子，听一首耐听的曲子，然后，无休止地落泪。

原谅我，在美好的事物面前，我无法欢快，我更多的是疼痛，那种来自于心灵深处的，幸福的疼痛，你是否懂得？

世人都知隋炀帝的穷兵黩武、劳民伤财、荒淫无度，可我仍在历史中窥到一丝浪漫。他修了一条运河，好几千公里，好多年，就是去为了看美丽的牡丹。这难道不是天生的诗人吗？

商略有一首诗，写道：

一群白鹭飞过
门前的半个山都晴了

最好的生活，是我们可以不看到人
只看到白鹭

这是多纯净的美啊！

有时候，面对着美好的事物，更多的人欢欣鼓舞，但也有一部分人满怀忧伤，这倒并非坏事，因为那份悲伤里有着对美好事物的珍惜，担心着它们流逝得太快。

如今，还有哪些美好的事物，可以让忧伤的“书生们泪流不止，一口气写光世上的纸？”（叶舟语）

那一团瑟瑟发抖的暖

有人说，这辈子在你身边陪伴过你的任何事物，哪怕是一只小狗小猫，哪怕是一盆花，也证明它们和你是有缘分的，说不定，在上世里，它们就是你最爱的人。

是的，我珍惜身边的陪伴着我的每一样小东西，它们是暖的，尽管那暖，很微弱。

一个下雨的夜里，一只流浪猫贴着我的窗子，可怜兮兮地望着我，它在寻求一丝温暖。我打开窗子放它进来，它的身上发出腥臊的气味，很是难闻，我给它好好洗了个澡，才得以焕发了最本真的活力。

猫从我的后背开始向上攀爬，一直爬到我的肩头，然后安安静静地贴在我的耳边，一动不动。仿佛纯天然的毛围脖。我想，这肯定是一只太缺少关爱的猫，它用这样暧昧的讨好方式让我留下它，我又怎么忍心将它赶出去呢?

第二天，在仓库里，我竟然看到它捕捉到了一只很大的老鼠。我想，它那弱小的身躯，在捕抓那个强壮的老鼠的时候，肯定费了很大的力气，它的皮毛被老鼠咬掉了好几撮，看上去有些疲惫不堪。它一边不停地舔舐着伤口，一边“喵喵”地向我叫着，似乎在向我炫耀着自己的本事。这种不自量力，我猜想它肯定不完全是在逞强，它一定是在报恩吧。它或许只是想为我做点儿什么。

大概是因为猫有九条命的缘故吧，它记得住太多前世今生的故事。所以，猫的眼睛，总是比别的动物要深邃，仿佛藏着深不见底的秘密，又仿佛对一切都了然，智者般，洞若观火。

它最终还是与我不告而别了，或许是找到了以前的主人，或许是发生了什么意外，都不得而知。我只记得，它第一天来的那一晚，就睡在我的被窝里，脚底下，盘着一团瑟瑟发抖的暖，仿佛一个抽泣着的撒娇的小孩。

我暖着它，它又何尝不是在暖我。

很多年前，在粮库做工的时候，捡回来一只吃了老鼠药的奄奄一息的鸽子。它瑟瑟发抖，在我的怀里，用哀伤的眼神看我。我给它不停地灌水，或许是老鼠药被雨淋得失去了药效，它竟然奇迹般地被我救活了。

在我的屋檐上，它重新抖擞起精神来。我喜欢把粮食放在手掌上喂它，它轻轻地啄，似乎怕啄疼我，吃饱了，就飞到我的肩膀上，在我耳边咕咕地叫着。我听不懂它说什么，但我知道，那肯定是一些好听的话。纯白的鸽子，像一团雪，让我时不时地不免担心，它会被阳光融化掉。

它不但没有融化掉，而且还断断续续地引回来一大群野鸽子，我的屋檐从来没有这般生机盎然过。

倒是我，被这一团团、一簇簇的暖给融化了。一颗心，再不愿去追名逐利，变得柔软，变得慵懒，只想安安静静地享受阳光，享受风。

妻子从垃圾箱里捡回来的一根鸭掌木，活了一个月之后，终于衰零。我感动于它临终前的这一次“回光返照”，它努力地让自己短时间内枝繁叶茂起来，这也是为了感恩吧，我愿意这样去揣测一棵树的心。

妻子刚把它拿回来的时候，就是一根光秃秃的棍儿，那一层老皮，仿佛皴裂的老人的手臂，我开玩笑说：“这是谁家老头儿的拐杖吧！”

妻子却执意说它还有生命，“你看这树根儿，还有很多须子在呢，那证明它还活着。”

我仔细看过去，的确，很多细小的根须，如同不忍离别的触手，紧紧攀附着那生命的主体。

妻子细心地把它移植到一个大花盆里，精心照料，它竟然真的“起死回生”了！几乎是一天一个小巴掌，慢慢地，那干巴巴的树身上就有无数个小巴掌在鼓掌了，似乎在欢庆自己重新复苏的生命。

我想，万物都是有灵的吧。这棵老木，垂垂朽矣，可是竟然使劲儿地将自己抽巴巴的身体，再焕发出一次青春来。那是对我们善念的回报啊！

那颤巍巍地冒出来的几丝柔绿，仿佛一团瑟瑟发抖的暖。借着那微弱的一团暖意，多冷的冬天我都不再畏惧。

被典当的青春

人到中年，总是忍不住回过头去，想看看身后青春的靓影，可是遍寻不见，只有一串歪歪扭扭但总算没有跑偏的脚印。

青春，终是离我远去了。所幸，那青春里散发的青草的味道，还在。

最远的青春是童年。

小伙伴用三五颗糖果，换了我一本小人书。糖果吃没了，小人书不见了。我又用三五颗糖果，把它换了回来。小人书看过很多遍了，可还是舍不得把它放到别人那里，还是喜欢放在自己的枕头下面。

喜欢将丢弃的圆珠笔芯放到水里，水面荡漾起一圈彩色的涟漪，那是把蓝色剥离后的颜色，是阳光的颜色。没有人在意这小小的污染，只当那是一个孩子，色彩斑斓的心。

讨厌一个人，会在一面墙上写上他的名字，然后写几句咒骂的话。过几天，两个小伙伴和好如初，又偷偷地跑来，把那个名字涂掉，换成另一个人的名字。直到我们渐渐辨别了是非，渐渐地长大。

现在，还会有小人书那样喜欢的东西吗？一本书，怕是翻了几页就迫不及待地扔到一边去了吧；现在，讨厌一个人，怕是一辈子不会再喜欢得起来了。刻满刀痕的木门涂上油漆，就可以瞒混过关，照样卖个好价钱，可是人心的裂缝，要涂上什么，才能让它显得完好无损呢？

最疼的青春是爱情。

青春年少，不懂珍惜。你在，我就与你牵手，一刻都不想松开，一副离开你就无法活下去的模样。可是和你分开，我却也不伤感，我给自己的安慰是，这样可以独享思念的芬芳。

春天有多少伤口都不怕，因为坚信，在夏天会找到一块块补丁。

吵架拌嘴就像夏天的麻雀一样必不可少，不管不顾地在纯洁的爱情里泼谎言的脏水，就像在雪白的墙上钉钉子，你是心疼那钉子，还是心疼那无辜的白？

爱情其实只是一颗不知道名字的果，被涂上了红晕。看着诱人，但只有吃下去才知道里面是酸还是甜。而所谓的婚姻，不过是风花雪月正在凋零，柴米油盐长势日盛。

现在才知道，生活，不都是光洁如新的，也有生锈的一面。

那个时候不知道为什么？一看见别人弹琴，就有一种莫名的冲动和兴奋涌上心头，甚至流淌出一股流泪的喜悦和感动，于是我也去买了吉他，购了曲谱，一切准备就绪，感动和眼泪却没有水到渠成地涌来。人，总是习惯旁观的啊。

这并不妨碍我爱一切唱歌的人。爱一切从我窗前，借我的窗玻璃拢一拢头发，展露笑容的人。尽管，我已是一个靠回忆才能触摸到青春额头的人。

青春里习惯了挥霍，因为一切都还可以重新来过。所以肆无忌惮地绽开，恬不知耻地怒放。曾经的青春，被我典当给了谎言、烈酒、霓虹、八卦……我把大把的热情都付与了青春，它却只给我打了一张白条，多少年过去了，时光依旧死乞白赖，不肯还债。

现在，我把青春典当给了回忆，什么时候，我还能赎它回家？

先把火烧起来

阿蕙是个离婚女人。18 岁的时候，她被流氓强暴，怀孕了。辍了学，不得不躲到乡下的外婆家，忍受乡下人的白眼。她把孩子生了下来，由外婆照顾着，她自己又回到那个令她心酸的地方。

在饭店打工，开理发店，她能够自己养活自己了。21 岁的时候，她恋爱了，和一个很帅气的小伙子。他们不久就结了婚。然而，婚前的那次经历，像暗疮一样，叫她无法安生。最后，她还是下定决心，告诉他事情的经过。听说她有一个孩子，她的帅气丈夫气得脸都变了形，最后竟然和她分了手。

痛定思痛，她决定正视现实，把孩子接回来自己带。这么些年来，她就一直单身，也没想过再嫁人。孩子一晃 7 岁了，该上学了。孩子总是问她，为什么她没有爸爸。她就说，你爸爸死了，从你一出生的时候就死了。她不能告诉孩子，她的爸爸是个强奸犯，她的苦楚，只能她自己一个人吞咽。

冬生是这个时候闯进她生活的。他和孩子的关系很融洽，常常在一起疯闹。俨然一对亲密的父女。他并不急于向阿蕙表白，而是和孩子，和她的家人打得火热，他觉得，只有让阿蕙的心暖过来，才会变得松软，才能更容易接受自己。

女儿怯怯地问他，能叫你爸爸吗？冬生先是一愣，继而爽朗地笑着，好啊，大声地叫吧。

阿蕙在日记里这样写道：对于我的孩子，“爸爸”是个冷漠而陌生的词汇。可是现在，它竟然变得如此熟悉和温暖……

冬生是个懂爱的男子，他的爱是文火，一点点烘烤着阿蕙那颗潮湿的心。

父亲和母亲一直是厨房里的一对好搭档，小时候，总能看见那样的情形，父亲烧火，母亲做饭，两人在厨房里聊着一天发生的事，偶有拌嘴，更多的是其乐融融。

也总是听见这样的对话——

“今晚做点儿什么吃呢？”

“先把火点着再说，让屋子热乎热乎。”

在《平凡的世界》里，田晓霞爱着孙少平，年轻的心是慌乱的，她不知道明天的结果会怎么样？她把心事说给父亲听，父亲拍着她的肩膀说，“不管怎么样，先把火烧起来再说。”

这真是一个开明而智慧的父亲，他让女儿的爱完全绽放，不带一丁点儿的委屈和遗憾。

轰轰烈烈只管去爱，要对得起青春那份明媚和热烈。

先把火烧起来，那是一种义无反顾的绚烂绽放。

我对我的学生们说，冷的时候，我们可以用文字取暖。这是精神层面的炉火，你要准备好足够的柴火和一根火柴，炉子也要搭好，这一切都需要你自己来做。自己做自己的火焰，心才不会挨冷受冻。

如果你还不能熟练地写作，那么不妨，保持你的热情，先把火烧起来再说。

不管以后怎么样，不管明天的天气如何，不管花谢花开，只管把火先烧起来。

让爱为生活预热，驱散日子里的冷凉。

让每一粒米都回家

前几日，母亲来我家小住。女儿向垃圾桶里扔了一小块儿馒头，被她捡了出来，并把孩子训得哇哇直哭。妻子很不高兴，背地里和我说："至于吗，不就是一块儿馒头吗？"我说是的，母亲把粮食看得比什么都重要，因为母亲经历的挨饿的时光刻骨铭心。

母亲不止一次地说，她嫁给了一只碗。

那是在挨饿的岁月，因为父亲接济了母亲家里一碗米，母亲对父亲产生了好感，最后两个人成了夫妻。这只碗是父母的媒人，被母亲一直珍藏着，直到出嫁，也一直带着。

父亲感激那只碗，母亲也感激那只碗。那只大碗，被两个人小心翼翼地供着，闪着心满意足的光泽。

可结了婚之后，母亲仍旧是吃不饱的。因为日子实在太穷了，即便每天精打细算，也填不满一张张饥饿的嘴巴。

苦日子是一匹病马，驮不动快乐的梦想，甚至，炊烟，它都驮不动，你看，炊烟懒懒的，直不起腰来，大概是锅里没有多少米，炊烟都茁壮不起来，好像被苦日子抽去了精髓一般。

空空的米缸，一家老小的胃，常常被母亲刮得生疼。

常常是，我们吃饱，母亲把锅里所剩无几的米粒用铲子铲起，像铲起几粒雪花，然后加一瓢水，再加一把火，熬成稀汤汤的米粥，为数不多的米粒漂浮在碗里，装点着门面，那是母亲的饭。

一直到今天，母亲的“抠门”都是远近闻名的，剩饭剩菜从来都不舍得扔掉，甚至孩子们掉了一粒饭粒到桌子上，都会遭到她的一顿训斥。母亲实在是穷怕了，所以才这么珍惜每一粒米。

秋收的时候，母亲跟在收割机的后面，仔细捡拾着遗落掉的稻穗。对于母亲的这种行为，我们甚为不解，那么多的粮食，用机器来收割，难免会遗落一些的。与其在自己的地里费劲巴拉地捡拾那几株遗落的稻穗，不如去别人家的地里替人割稻子，割一天的稻子挣的钱够她捡多少天稻穗啊。

我们都嫌母亲不会算账。

可是母亲说：“这是我自己种出来的粮食，我只是尽量让每一粒米都回家。就像我自己的孩子，你让他们流浪在外，我心里总是不得劲儿呢！”

那日的夕阳里，我看到母亲佝偻着身子，一根一根地捡拾着稻穗，蓦然间感到，众多的粮食中，母亲是最饱满的那粒米。

农民诗人张凡修写过一首诗《母亲的胃》，读来甚是感人：

后半生。母亲的胃一直空着
一九六一年，母亲吃得太饱
那年的母亲给公社大食堂推磨
囫囵下许多生粮
不嚼。只暂时存在胃里
回家后用筷子捅进喉咙
一口，一口，再吐出来
未消化的粮食喂饱了奶奶，爷爷

也喂饱了爸爸和我
……熬过三年。后来习惯成自然
只要看一眼装过米饭的空碗
她就会将吃进去的东西吐出来
前年，母亲离我而去
没带走一粒粮食

多么伟大的母亲啊，她用她的胃“假公济私”，她用她的胃，储藏了亲人们一生的粮食。而她的孩子们，不仅吸吮她的乳汁，还淘空了她的胃。

如今，母亲变得越来越小，生活的大海碗啊，可以整个的把母亲扣住。

我们过着丰润的日子，那是母亲用一双粗糙的手替我们打磨出来的。

我们丰盈着，而母亲却日益消瘦下去。持续的消瘦，让我担心有一天，她会变成我稿纸上的一滴墨汁。此刻，在火炉边为母亲熬药的我，唯有双手合十，微闭双眼，虔诚地祈祷。我希望我的祈祷，可以打开耶和华的门。让旧日的木柴发出光来，感动那些最苦的草药，照亮母亲灰黄的脸庞，和尽量多的剩余时光。